九歌少兒書房

他不麻煩，他是我弟弟

陳三義◎著　施佩吟◎圖

本書榮獲　九十六年度新聞局第31屆
少年圖書最佳著作金鼎獎

評審委員推薦

廖輝英：

寫兩個在西雅圖生長的中美混血兒兄弟，被母親帶回台灣短暫生活的轉變——由極度不適應、不喜歡台灣這陌生之地，到逐漸融入這塊完全迴異於美國的鄉土，其間穿插著對人的抗拒、排斥、畏懼、不耐煩；最後終在自然的親情與稚嫩純樸的手足之愛，以及永遠有趣的大自然和民俗中，轉而擁抱此地的人事物。

作者寫來可愛自然，用童真語言娓娓道來，特別是小韓思自然不造作的言行，讀來令人滿心甜滋滋的。是一部非常有情、平實卻又極具創意的

上乘之作。

林文寶：

以主角哥哥（韓睿）討厭的三件事：「當哥哥、媽咪的家、上學去」貫穿全文。其間涉及異國婚姻、文化差異、身分認同、文化傳承等全球化之下的議題。而其旨意回歸手足情深，則更為溫馨感人。

呂紹澄：

自美國回到台灣的新台灣之子，由於是混血的第二代，在傳統文化認知上，由初期的不適應到喜歡這塊土地的人、事、物，用輕鬆幽默的筆調撰寫祖孫、兄弟之情，娓娓道來，相當吸引人。

目錄

目錄

我覺得有哥哥是很幸運的一件事喔，爹地說那就叫做「Lucky（好運）！」

I am lucky!（我好幸運！）

可是，我覺得有弟弟好麻煩，套句爹地的話，就是「Trouble（煩惱）！」

不知道他什麼時候才能懂事一些、聰明一些、厲害一些……？

唉！算了，我看是很難啦！

1 西雅圖，我的家

西雅圖，你去過嗎？

從這裡到加拿大不用搭飛機，只要坐車子就可以了。

西雅圖是個被群峰與海水圍繞的城市，東部有奧林匹克山，西邊有卡斯克德山脈；除了華盛頓湖，會偽裝自己擱淺岸邊來誘騙獵捕海豹的虎鯨的家——普吉灣，也在這邊。

有人說，西雅圖就像是海面上的閃耀翡翠。爹地、媽咪、弟弟，還有我，我們四個人就住在這裡。

這裡有一個很高很高、大約六百五十英尺的Space Needle（太空針塔），爹地說它是為了一九六二年的世界博覽會建造的。我聽了很佩服地吐吐舌頭，一九六二年？這麼說來，它年紀還要比爹地大上很多呢。

更酷的是搭電梯到塔頂瞭望台後，普吉灣、雷尼爾山以及三百六十度的西雅圖市景一覽無遺、全在我腳下。

我最喜歡晚上來這邊了，好像一伸手就可以把掛在塔外的月亮摘下來當球玩一樣。尤其，這裡面的餐廳還會旋轉喔，酷吧！

不過，弟弟Hence（韓思）最喜歡的是West Lake Center（西湖中心）。我知道吸引他的一定是西湖中心那一整層的玩具城堡，還有廣場前的巧克力店。我承認那兒的巧克力確實超香、超Q、超有嚼勁、超好吃啦，但是，我不喜歡。

因為，感覺巧克力是女孩愛吃的東西，班上胖胖的茱莉亞便整天吃個不停，我還寧願去搭Monorail（單軌列車）、到Pacific Science Center（太平洋科學中心）看I-MAX（半球式立體電影）或者和廣場上的鴿子玩。

媽咪則是最常到Pike Place Fish Market（派克市場）買魚。要是你沒去過，你一定不相信我講的話！那裡有好多好多的魚，好像海裡的魚全

都給抓上來了一樣。

和媽咪每次去每次都會驚訝：怎麼還是有這麼多的魚？怎麼魚好像永遠也抓不完？

媽咪說：「那是因為海洋很大啊。」

也對，記得上次和爹地、媽咪到舊金山看金門大橋，一出海，除了有海鷗飛翔的天空，就剩下潮浪起伏的大海，整個眼睛看見的都是「藍色」的。難怪，珍老師說地球百分之七十是水，想必是真的。

等等，修正一下前面我說的話：我覺得派克市場最多的不是魚，而是歡笑聲才對。如果沒人告訴你，我猜你一定會以為那是一個個變戲法的攤子。

可能你會突然聽見有人高喊「一條鮭魚飛往阿拉斯加去囉！」然後，整條滑溜溜的鮭魚就從半空中飛過，引起一陣歡呼和掌聲。但最吸引我的還是穿著黑色橡膠長靴的麥可哥哥所表演的「魚偶戲」，他會用一隻隻張著嘴的新鮮大魚，表演一齣齣生動的童話劇，「傑克與魔豆」、「自私的巨人」、「糖果屋」……我都看過喔。

又不相信我說的？嗳，反正改天你親自去瞧

瞧就知道了。

除了派克市場，媽咪和爹地一樣，最常去的應該就是Washington University（華盛頓大學）了。

當然，爹地媽咪已經不是大學生，只是，他們有個很酷、專門研究地層構造和地質變化的職業。爹地告訴過我：已經四十六億歲的地球主要是由沉積岩、火成岩、變質岩三大岩類組成的。你若認為他們只是在研究石頭的話，那就代表你腦袋有待加強。我爹地媽咪職業身分的正確說法應該是「地質學家」才對，所以，他們才會常常需要到華盛頓大學圖書館尋找參考資料。

你要是也沒去過那裡，一定又要以為我在說謊，它和派克市場同樣讓我震撼！

一圈又一圈、一架又一架、一層又一層……全都是書！哪來這麼多書啊？把全世界的書集合起來，也不過如此吧？該不會全都是要給我以後唸的吧？突然之間，我超不想長大。

爹地說：「圖書館是寶庫、是人類大腦的延伸，它幫著我們儲存記載了許多珍貴的知識。」

儘管爹地這麼說，吸引我和弟弟的還是圖書館外面整片喧鬧盛開的櫻花海和那隻小松鼠。和弟弟坐在樹下逗弄小松鼠吃松果時，看著滿校園的櫻花，覺得這地方好像還不賴，以後到這裡唸書應該滿酷的吧！

至於我呢，除了太空針塔，最喜歡的應該是Seattle Aquarium（西雅圖水族館），因為那裡有兩隻和白熊一樣大的海獺。跟你說：牠們是用雙手捧著東西吃的唷，樣子真是超級可愛，我已經同意牠們當我的好朋友了。

上次回來以後，我還幫牠們畫了一張鉛筆素描，結果，珍老師直喊：「Excellent!」意思是說我畫得超棒！還要我拿著這一張圖畫和她合照。害我有點不好意思，其實，我只是隨便畫一畫而已啦。

珍老師對我的表現一直都是正面誇讚的，只有一次例外。

說起來，會被珍老師「指正」，都是弟弟韓思害的啦！

那次，珍老師要我們寫一篇文章，描述一位家人的特色。後來，珍老師把我叫過去，對我搖頭說她很失望，因為我文章裡的負面字詞、批評語句太多。

「笨拙、傻瓜、不靈敏、無聊、反應差……絕不會是一個人的特色。Henry（韓睿），你已經二

年級了，要學著去發現一個人的優點，然後，你會了解原來弟弟這麼可愛。願意重寫一篇交給珍老師嗎？」

不是我不願意寫，我是真的寫不出來啊！我對著作業紙發呆了好久好久，就是寫不出一個字。……笨拙、傻瓜、不靈敏、無聊、反應差……絕不會是一個人的特色。可是，我說的是實話啊，不是說砍倒櫻桃樹的華盛頓因為誠實而名傳後世嗎？怎麼我說實話就要被搖頭說「失望」呢？

何況，我又沒亂說。韓思都五歲了耶，連球都接不好；尤其，和他丟飛盤最無聊了，因為他絕對接不到，每次都等飛盤飛過去，他才把手伸出來，實在有夠遲鈍；而且跑也跑不快，平衡感超差、動不動就跌倒……哎呀！反正很遜就是了！

有一次，韓思從幼稚園回來，小書包被融化的冰淇淋給濕得一塌糊塗，媽咪問他原因，竟然說：「因為有兩個，想帶一個回來給哥哥吃。」

My God（天啊）！冰淇淋又不是餅乾，哪能放這麼久！你說，笨吧？離譜的是媽咪竟然還親了他一下，說他「乖」。

奇怪？買東西時，什麼都可以選，為什麼「弟弟」這個東西不能選啊？

和媽咪去派克市場買魚時，媽咪還不是東挑西選個半天才決定買哪隻魚。

不能選也就算了，還要被強迫當弟弟「這個東西」的哥哥！真是超不酷的。

反正，當哥哥真是我生平第一件討厭的事。

還好我有一個很厲害的爹地。

爹地是美國人，很高、很壯，每次他要去很遠的地方考察地質時，我猜肩上至少背了兩個我、兩個韓思重量的行李，而且眉頭連皺都不皺。我最喜歡和他出門了，因為，只要走在爹地大大的影子裡，呵，太陽公公就照不到我了。

爹地頭髮軟軟鬈鬈的，我和弟弟也是，媽咪說我們的頭髮就像海浪，搞不好會有海豚突然跳出來呢。呵呵，媽咪真是長不大。可是，我真高興自己有東西和爹地一樣。

說到媽咪，我真想問她為什麼總愛幫爹地改名字？每次都「迪兒」、「迪兒」叫個不停？奇怪的是，每次媽咪叫「迪兒」時，爹地就會吻一下媽咪的臉頰；爹地也總喜

歡把媽咪叫成「韓妮」，每次爹地這麼叫時，媽咪就會快樂地眨一下眼睛。

我不懂？爹地的名字明明是「韓森（Handsome）」，中文是很帥的意思；媽咪也有一個好聽的名字「海琳（Helen）」，為什麼要把名字改來改去呢？偏偏他們好像都很喜歡這個遊戲！

後來，媽咪才告訴我：「迪兒（Dear）」和「韓妮（Honey）」都是中文「親愛的」的意思。

親愛的？這三個字怪怪的，我不喜歡。

結果，「不喜歡」這三個字我說太早了。爹地要離開的事才是真正讓我討厭到天上去的事！

我大發脾氣、狂怒不依，媽咪摟著我哄道：「爹地是要去做讓大家更了解地球的工作，韓睿應該要覺得很光榮啊。」

我知道，爹地一定是又要去考察什麼地質、地層、地球的皮膚啦。

「那爹地要去哪裡？」「那爹地要去哪裡？」弟弟在旁邊模仿著。

「中美洲和南美洲，很酷吧！」媽咪也學我。

「要去多久？」「要去多久？」弟弟像是我的回音。

「不一定，要看你們有沒有乖乖聽話。」

「那我可以去嗎？」「那我可以去嗎？」弟弟也學我認真的發問表情。

「你不要一直學我說話啦！」我生氣了。

忽然，我和弟弟一起騰空，被爹地一雙大手抱了起來。爹地吻吻我，又吻吻韓思，臉上的鬍渣癢得韓思笑了出來。

「哇～韓睿變這麼重了？怎麼長大也不通知爹地一聲？」

「我早就長大了。」我擺出一個很酷的表情看著爹地。

「那可不可以請長大的韓睿幫爹地一個忙？」

「沒問題，你說。」我的表情更酷了。

「因為爹地要離開一下下，可是媽咪早餐常忘了吃、韓思常跌倒受傷，所以，你幫爹地多叮嚀他們，好嗎？」

我很成熟地想了一會，決定來個條件交換：「好吧。可是爹地也要答應我一件事。」

爹地很用力地點了一下頭。

「爹地要趕快回來，不能太久喔，不然我會不耐煩。」

「不能太久喔。」韓思又在學我了。

「Deal（成交）！」爹地整張臉也往我脖子上蹭，我一直憋著不笑。可是，實在太癢，忍不住咯吱大笑，臉上的酷表情全飛了。

爹地，放心吧，韓睿是男生，答應的事一定做到。媽咪我會記得叫她吃早餐；韓思我會

盡量盯住他，不讓他跌到。才這麼想時，韓思就一陣亂嚷、手腳不協調地跑了過來：

「Serious! Mum said we will come back to Taiwan! What's Taiwan? Where's Taiwan?（不得了！媽咪說要帶我們回台灣！什麼是台灣？台灣在哪裡？）」

唉！別跑了，你！一定又要跌倒了……弟弟整個人栽倒在地上。

我走過去牽起他：「You fool!（你真笨ㄟ！）」罵了他一聲。還好是地毯，上次在Woodland Park Zoo（屋蘭動物園）摔倒，膝蓋還擦破皮、流血了呢。

弟弟太笨的話，當哥哥的感覺真是一點都不過癮。

只是，剛剛弟弟的話還留在我心中不停回響：Back to Taiwan?（回台灣？）

真的要離開西雅圖，我的家？

台灣？那不是媽咪的家嗎？

那裡也有太空針塔和西湖中心嗎？不然，至少也要有養海獺的水族館……大概不太可能吧？算了，只要別像西雅圖一樣，這麼常常下雨就好了。

沒想到，我的願望全都落空，而且，還多了兩件討厭的事！

2 媽咪的家

甫下飛機、一出機場，雷聲作響、天空正兜頭潑灑傾盆大雨，氣勢要比西雅圖的綿綿細雨來得更加厲害。我的第一個願望落空，心情有點差，加上媽咪在我和弟弟身上套了件像塑膠袋的透明……雨衣？更是讓我笑不出來。

原來這兒，就是媽咪的家？常聽媽咪說好想念家鄉，因為，那裡很溫暖，是個芬芳美麗的地方。

是嗎？我陌生地看著大雨裡的景象：比起西雅圖，台灣的房子、車子、人……彷彿變魔術似的，一下子多了好多出來，就連在西雅圖很少見的Motorcycle（摩托車），這裡竟然是成群地在路上奔馳。

「哥哥，這裡的人怎麼長得和比爾叔叔、小菲力都不一樣呢？」

比爾叔叔和小菲力是我們的鄰居，小菲力在學校和我還是同一個棒球隊的。聽到韓思這麼說，我已經開始想念西雅圖的家、珍老師、小菲力、班上同學……甚至胖胖的茱莉亞。

「媽咪，我們回家好嗎？小菲力說好要給我Seattle Mariners（西雅圖水手隊）的簽名棒球，都還沒給我。」

「我們正在回家呀。韓睿，你一定會喜歡這裡的。」

是嗎？我望了這個雨中城市一眼，再次產生疑問。

媽咪帶著我和韓思不停變換著交通工具，從飛機變成大大的遊覽車、變成長長的火車，再變成舊舊黃黃的小巴士，最後，乾脆是用走的

了；眼前的景象也如幻燈片般，一張張持續幻化，從櫛比鱗次的高樓大廈、車水馬龍的車潮人潮，變成平瓦屋舍、矮矮的房子，車越來越少、人也越來越少，最後只剩下一片片，長得很奇怪的……草坪？

「這兒草坪的草怎麼長這麼高？還是黃色的？和西雅圖都不一樣。」

我嘟起嘴，更想念西雅圖的家了，還有門口那一片我和韓思常在上面丟飛盤、綠油油的草坪。

「那不是草坪，是稻田；那也不是草，是稻穗。現在是秋天收穫的季節，等到稻穗收割下來以後，就是我們吃的米飯了。」

「那東西能吃？」我真不敢相信那看起來黃黃刺刺的東西，竟然是又白又香的米飯。

媽咪心情很好地笑了一下，指著遠方說道：

「那個叫玉蜀黍，玉米濃湯裡的玉米就是從它身上摘下來的。」

我睜圓眼睛，玉米不是一粒一粒的嗎？怎麼會一棵棵長得比我還高？還有鬍鬚？

「玉米濃湯，這兒也有嗎？」連韓思都開始不信任這裡。

「自己煮，就有啦。」媽咪的聲音快樂得像在唱歌。

「不能到麥當勞買嗎？」韓思疑惑極了。

「這兒是鄉下，沒有麥當勞。」媽咪摸摸韓思的頭。

完了！

連麥當勞都沒有！那就更別提太空針塔、西湖中心和水族館了。

我的心像遇上暴風雨的落難小船，整個沉了下去！

我這艘小船沉了之後，暴風雨才平息……我是說，迎接我們的這場雨終於停了。

我們停在一片翠綠粉黛、玲瓏小花的圍籬前，媽咪說這種粉紅小花叫「珊瑚藤」，是藤蔓植物中最美麗的一種。

但吸引住我目光的卻是珊瑚藤下一朵朵的金黃色小太陽，媽咪又說那是她親手栽種的金盞花。

「金盞花就是你上次問媽咪的Calendula，它四季都會開花喔。」原來這就是Calendula！原來Calendula長這樣啊！Pretty（漂亮）！

上次珍老師說要帶來給我們看，結果也沒有。我想，我肯定是班上第一個看到的人。這麼一想，心情稍微好了些。嗯，回去時一定要記得帶一棵回去給大家看看。

「裡面是什麼啊？」

韓思踮起腳跟、對著圍籬裡面好奇張望，但還是不夠高。

其實，我也看不到。

「裡面就是媽咪的家。」媽咪說這句話時，聲音好輕、好好聽。

推開感覺已經很「老」的白色圓形木門嘎一聲——我們終於回到媽咪的家。

院子裡有一棵大樹，我仰頭，覺得樹冠真像一把張開的墨綠色大傘，媽咪說它的名字是「阿勃勒」。

阿勃勒？好怪的名字！不禁讓我想起班上的印度同學「阿南達、阿格尼」，這棵阿勃勒一定也是從印度來的！

「阿勃勒是先開花再長葉子的大樹，它是陽光的使者，到了夏天會很漂亮。」

很漂亮？我深深狐疑，至少「阿南達、阿格尼」這對雙胞胎兄弟，好像就不怎麼樣。

沒關係……I can wait!（我等著瞧！）

汪！汪！汪！！

當我還陷在疑惑中時，突如其來的狗吠聲把我拉回了現實世界。猛然間，一條大黃狗從屋內狂衝而出，相準目標、直奔而來。但目標不是我，而是在樹另一端好奇撿拾阿勃勒果莢的……弟弟！

韓思！我想大喊，但因為太過緊張，聲音全哽在喉嚨，張大嘴巴，卻連一絲絲聲音都喊不出來；想衝過去攔住大狗，但手腳也全給結凍了。

當韓思轉頭發現朝他狂奔而來的大黃

狗時，愣了一下、隨即跑向我尋求庇護，大叫：「哥哥！」

可這下完全來不及了，沒跑兩步，韓思便整個人手腳打結、趴倒在地，然後大黃狗一個跳躍，也撲了上去，張開大嘴、露出了兩排大大黃黃的牙齒……

「韓思！」我終於成功喊出聲音，冰封的手腳也全解凍了。

對了！雙節棍！我靈活卸下背包，一股腦把裡面的東西全倒了出來，拿起我的武器，跑到大狗面前，擺出一個很厲害的姿勢，大喊：

「Get away!（滾開！）」

我使盡力氣，忍住不發抖，這時絕不能讓大狗知道我也在害怕。

可惜，大狗竟然看都不看我，還是汪汪兩聲，張大嘴朝韓思……舔了下去。

韓思本來是快哭了，一時也傻了。

媽咪走過來，笑著輕輕柔撫大狗的背脊：「寶貝，長這麼大了？別調皮。」

寶貝？是這隻大黃狗的名字？我看叫牠「Killer（殺手）」還差不多！

更令我費解的是：媽咪竟然還認識牠的樣子，怎麼回事？

「寶貝」又舔了韓思一下，才聽話起身。

後來，我才知道：這「寶貝」還是媽咪以前養過的小小狗，算起來，年紀也不小了。奇怪？怎麼還能如此健康有勁、精力旺盛？

故事還沒完呢。

走進媽咪的家就彷彿走入安徒生的童話世界，我看到了故事書裡才會出現的「白髮婆婆」和「人形撲克牌」。

我打賭！那滿頭雪花白的頭髮想必不是真的，如果是真的，一定是這裡的shampoo（洗髮精）出了問題。我當下決定：絕對不能用這裡的洗髮精！

我也很好奇那看不出是高興還是生氣的「人形撲克牌」，他的表情是否全讓小偷給偷走了？需不需要報警？

誇張的是，他們竟然正是我的外公和外婆！

說實話，我一直刻意和外婆保持距離，因為我真怕她又像剛剛一樣把我和弟弟緊緊圈在胸脯，逼問我們「想不想她」這種莫名其妙的問題，害我差點不能呼吸。重點是：我不記得有見過她耶！怎麼想？

我也是非常故意地和「撲克牌公公」離得更遠。因為，他跟爹地相反，都不會笑。

記得爹地說：微笑，是一種禮貌。可見，「他」不懂禮貌。

噯，先不管這些了，因為我雙眼搜尋屋內陳設，總找不到一樣東西——電腦！

心中著急，忍不住問媽咪：

「Where's the computer?（電腦在哪？）」

媽咪笑著搖搖頭：「Here's no computer.（這裡沒有電腦。）」

「What! No computer? How possible?!（什麼？沒有電腦？怎麼可能?!）」

「How can I receive E-mails from Dad?（那我怎麼收取爹地的電子郵件？）」我問。爹地答應每天給我一封電子郵件的。

「How can I see Dad?（那我要怎麼看爹地？）」韓思問。

爹地好不容易才教會了韓思，如何使用可以看見他的「網路電話」。

沒有電腦，和爹地的約定成了水蒸氣，太陽公公一露臉，便全跑

了。

「妳都不教他們中文的嗎？」撲克牌說話了。

「他們其實會說的，只是在美國沒機會說，所以講得不好、不習慣……韓睿、韓思，以後跟Grandpa……跟外公、外婆要說中文，懂嗎？」

我都還沒來得及說「懂」，噩夢又發生了。

外婆從身後抱起我，往浴室走去：「好了，婆先帶小睿睿洗頭去，頭髮被雨淋濕，小心感冒。」

洗頭？那不就會用到這兒的洗髮精？這可不行！

我大聲嚷叫著：我不要洗頭髮，妳頭髮比菲力家的茉莉奶奶還白，一定是這裡的洗髮精有問題！

「你嘰哩呱拉說什麼，婆聽不懂啦。呵呵。」她竟然還在笑！媽咪救我！

「別怕你外公那張臉，天生就長這樣，不會表達感情的『老古板』。知道你們今天會回來，他昨晚興奮得都沒睡覺呢。」

「Let me go! Witch!（放開我！巫婆！）」我完全聽不進去她的話。

倒是走過去的撲克牌公公聽進了我的話：「他說妳是巫婆。」

「隨便啦，巫婆也是婆，只要小睿睿乖乖聽話洗頭，叫我『巫婆巫公』都可以。」

又是小睿睿！誰是小睿睿！不要叫我小睿睿啦！難聽死了！

不用多說，最終我還是輸了。婆帶我回到餐桌時，我還在啜泣。我已經開始想像小菲力、阿南達、阿格尼、茱莉亞……取笑我白頭髮的情形。

結果，韓思比我更慘。

記得我說過韓思動作笨拙、連球都接不好的事吧？我忘了說，他是連刀叉都還握不好，更何況是筷子這種高難度的東西。

所以，當然是需要媽咪「幫忙」囉，但這卻讓撲克牌生氣了：「怎麼這麼大了，還要人家餵！」

「爸，是因為韓思刀叉、筷子一直都拿不好的關係。」

「沒關係啦，也許是『大隻雞慢啼』。」外婆說。

「教養小孩的第一步，就是別讓他覺得自己比實際還小。這只會讓他裝出低於實際年齡的模樣，肯定永遠也長不大。」

出乎意料，韓思竟然聽懂外公的話，抗議道：「我不是裝的！」

然後，他出現了在家中從沒有過的反應：從媽咪手中反抗搶過筷子，想自食其力。

很不幸，努力的結果還是掉了筷子、翻了碗飯……一顆小丸子咕溜咕溜滾到桌腳邊。

韓思呆了呆，終於忍不住委屈地大哭起來。

弟弟大哭、我也哭，我和弟弟就用這種出場的方式，來到媽咪的家。

我不喜歡白髮婆婆、我不喜歡撲克牌公公、我不喜歡那條「殺手」大黃狗……我不喜歡媽咪的家！

看來，我又多了一件討厭的事！

3 上學去

「當哥哥」是我討厭的第一件事；「媽咪的家」是我討厭的第二件事；再來，「上學去」成了我討厭的第三件事。

我要先解釋：我不是討厭上學，在西雅圖的時候，可是從來不遲到的。

真奇怪，怎麼在西雅圖好好的事情，來到這裡就全變了？

你一定想說：那麼回西雅圖去，不就好了？

我也想啊！

如果能讓我回西雅圖，小菲力的簽名棒球，我不要了；阿南達和阿格尼還沒還我的繪本故事書《Bee Tree（蜜蜂樹）》，我也可以不要了；甚至爹地答應送我的耶誕禮物「雪人耶誕樹」，我都可以不要了，只要讓我回西雅圖的家，這些我都願意放棄！

都是媽咪害的啦！

爹地離開，連媽咪也是。把我和弟弟留給撲克牌公公和白髮婆婆照顧之後，便一個人跑去什麼……台北？沒錯！就是台北！……參與考察台灣這些年為什麼會有這麼多的崩塌、土石流和地震斷橋的原因。

雖然，我知道媽咪的工作很重要；雖然，我知道媽咪每逢週末都會回來；雖然，我也知道自己要懂事、不能胡鬧……結果，還是害我把「上學」列入了討厭的事情之一。說是媽咪害的，也不完全正確；嚴格說起來，這都要怪朱震邦才對！

朱震邦長得高頭大馬，老實說，我有點羨慕他，因為覺得他以後一

定也會和爹地一樣，又高又壯。

那天，外公給我戴了頂拙拙的紅色「鴨舌帽」，帶著我到學校，對我說了些「不能欺負同學、不准打架」的怪話也就罷了；卻對一位一直甜甜笑著，有小酒窩的年輕女老師說：「如果這小子不乖，陳老師妳可以狠狠打他、教訓他，沒關係。」

即使我中文不是很好，我還是聽得出其中不合理的地方——不准我打別人；卻要別人狠狠打我？這是什麼道理？

珍老師教過我們：暴力是不對的行為；溝通才是正確的選擇。

外公一定是因為沒上過珍老師的課，才會這麼不懂事。我很同情地看著外公。

這個學校很小，長得也和我在西雅圖的Elementary School（小學）不太一樣，四周有好多的黃色草坪……哦，媽咪說那個叫稻田。

「老師小時候是你外公的學生，現在韓睿成了我的學生，很好玩吧。」

陳老師的酒窩又出現了，而且牽著我的手手好溫暖。

「外公也是老師？」我相當訝異：「那他為什麼可以整天偷懶不上課？」

「因為胡老師……你外公已經退休了。退休的意思不是不工作、整天睡覺，而是一個新起點的開始。自己成為時間的主人，然後可以……」

「我知道，然後可以發展自己的興趣、重新『寫功課』、重新當學生。」

「Retirement」退休這個單字的意義，我才剛學過。

「韓睿很酷、很聰明。」

我喜歡這個陳老師，除了「陳」老師和「珍」老師唸起來很像之外，她和珍老師一樣都誇我聰明、說我酷。她還說我也可以叫她「小美老師」。

嗯，我喜歡這個小美老師！

就在小美老師把我介紹給班上小朋友的下課後，朱震邦第一個衝過來好奇地盯著我猛瞧，就好像我是一隻南極來的企鵝一樣，我覺得身體大大的他才像北極熊呢！

「妖怪！眼睛是藍色的！」這是他送我的第一句話。

我忍著不動怒，暴力是不對的行為。

「你說你原本住哪？」

「美國，Seattle（西雅圖）。」

「死會吐？」

圍在旁邊的小朋友全笑了。

「聽起來就很遜，一定沒有101大樓！」

「什麼是101大樓？」

「很遜ㄟ你！那是全世界最高的地方啦！可以讓你看見地球上的每一個地方。」

我才不信！

「有我們Space Needle高嗎？」

我告訴他在太空針塔上一邊可以看見海洋，一邊可以看見整個西雅圖，手一伸還可以把月亮摘下來。

「管你什麼泥豆、紅豆、綠豆！摘月亮？你在騙小孩啊？」

旁邊的小朋友一聽又哈哈笑了，一種不被信任的感覺湧上心頭，頓時讓我很不舒服。

「我叫朱震邦，我的名字很厲害！我阿公說我們的祖先有做過皇帝！」

這可能是我聽過最自大、最「羞羞臉」的自我介紹了。我知道「皇帝」就是古代的總統，很了不起的，看了這頭北極熊一眼……哼！我才不信！

朱震邦看出我眼中的不信任，很不服氣：

「就是朱元璋啊，我阿公說他是明朝的開國皇帝，現在你信了吧！」

我還是不信！朱元璋？我是沒聽過，也不知道什麼明不明朝？但是因為姓朱，所以，朱元璋就是他的祖先？所以，他的祖先做過皇帝？

這個邏輯和外公要我不能欺負別人，卻同意別人狠狠打我一樣的奇怪！

朱震邦還不稀奇，有一個頭髮短短、很好動、長得頗高的小男生才稀奇。因為，「他」竟然穿著和女生一樣的粉色制服和藍色長褲！

他抱著一顆球，擠進小朋友堆，把臉湊到我面前，對我上下打量，真不知在他眼中，我又成了哪種稀有動物了？「奇怪，你長得好像我妹妹的一個娃娃喔。」看了很久後，他說了這句話。

娃娃？我還寧願當企鵝！

是可忍，孰不可忍？我馬上反擊道：「你才奇怪！男生穿女生的衣服。」

話剛出口、四周沉默一秒，隨即爆發一陣如雷笑聲，彷彿我說了個世紀大笑話一樣。其中，朱震邦笑得最用

力，指著「小男生」，上氣不接下氣：「男生……男生……高子伊是男生……哈哈……」

高子伊？連名字聽起來都像女生？

韓睿？我在心中默唸自己的名字，呼……還好不像女生。

只有一個很安靜、一直看著書的小朋友沒有笑，聲音很小的說：「高子伊是女生。」

啊？！

朱震邦大笑跑過來搭著這位很安靜、很害羞、臉紅紅的小朋友肩膀：「那你猜你猜，班長郭軒平是男生女生？……哈！他是男生啦！」

可能是笑聲引起高子伊的不悅，「他」……不，是「她」大吼一聲：「笑什麼！」

然後，好像和我卯上似地指著我：「不相信，我明天把娃娃帶來給你看！」

這就是我第一天上學的情形：被當成了企鵝（別告訴我還有娃娃）的我；像隻北極熊的朱震邦；很「男生」的「女生」高子伊；不知道是男生是女生的郭軒平……

不過，你該不會以為我就是因為這些原因討厭上學的吧？那你就太小看我了。

都是因為我第二天上學就出了事。出什麼事？這又得怪朱震邦啦！

還記得高子伊說長得像我的娃娃嗎？

隔天，她真的帶來了，卻帶來一個穿著白紗蓬裙的金髮洋娃娃，差點把朱震邦給笑死。我很生氣！依我看，這個洋娃娃除了眼珠和我一樣是藍色的之外，沒有一個地方像我！

再加上，我努力建立的「酷」形象受到威脅以及朱震邦的言語挑釁：

「想證明你和洋娃娃不一樣的方法只有一個——和我比賽！」

「比就比！」我豁出去了。

「好呀好呀，那我當裁判。」高子伊一副唯恐天下不亂的樣子。

「不可以，老師說同學要相親相愛。」郭軒平輕聲規勸，但沒人理他。

第一堂下課，首先上場的是單槓與爬竿。

單槓比的是臂力，縱身一跳，兩手勾住槓子後，便不准再動；爬竿講的是速度，在彎彎的爬竿上快速爬行。兩者評判標準都是：誰先掉下來，誰就輸了。

單槓和爬竿在西雅圖的小學校也有，我可從來沒輸過，大笨熊！

果然，這兩項比賽對體積壯碩的朱震邦是不吃香的。

嗶——我輕鬆獲勝！

第二堂下課，上場的是賽跑與丟球。

比賽規則是將躲避球放在一百公尺終點處，先抵達終點的人馬上拿起球向前丟，誰丟得遠誰就獲勝。如果輸了其中一樣，都算平手。

呵，賽跑？這對棒球隊的我來說，簡直是家常便飯；丟球？我可是西雅圖小學校的王牌投手呢，朱震邦一定不曉得。

「這次我絕不會輸你。」朱震邦信心滿滿。

「我也要跑，我也要跑，當裁判真無聊。」高子伊受不了只當觀眾。

比賽結果：嗶——當然又是我輕鬆獲勝！

郭軒平很不可思議地湊到我身邊：「你竟然跑贏高子伊！她是班上跑得最快的人耶。」

第三堂下課，比賽的項目，就讓我匪夷所思極了。地球儀？我茫然地看著矗立眼前的這顆紅色大鐵球。

「我不會再輸你了，這是我最拿手的。」朱震邦摩拳擦掌、迫不及待。

比賽規則是：輪流當鬼，誰在最短時間抓到對方，誰就獲勝。

朱震邦沒胡說，一爬上球，北極熊立刻變身蜘蛛人，我一下子就給身手俐落的他抓到了；輪到我時，我懷疑自己也成了手腳打結、動作笨拙的韓思，每每才追上朱震邦右邊，他一閃又到我左方去了。

朱震邦爬上球頂，得意地看著我。

這可不成，我得證明自己不是洋娃娃！

一鼓作氣、快速攻頂……猛然，一個踩空……

比賽結果：嗶——我，落地慘敗——還扭了腳。

小朋友全圍過來，朱震邦也迅速下球，高子伊滿臉緊張。至於我，則是脹紅了臉，痛得一句話都說不出來。

「我去報告老師。」郭軒平首先發難。

小美老師是外公的學生，報告老師不就等於報告撲克牌公公？我立刻阻止他，忍痛勉強起身：

「我沒事。」

沒事才怪！

整節宋騫老師的國語課，腳的抽痛現象似乎不斷地加劇加深。

「稱呼別人的母親常用『令堂』以示尊敬；稱呼自己的母親……韓睿，在美國你都怎麼說？」他忽然問我。

「喔……媽咪。」班上同學不知為什麼笑了。

「媽咪？」他搖搖頭：「可以是媽媽、母親、母親大人、家母或者古代人所謂的娘親、高堂，知道嗎？」

不只腳痛，我連頭都開始隱隱作痛。偷偷瞄了下巴長著一撮白色山羊鬍的宋騫老師一眼，粗粗的眉毛、抿成一直線的嘴，感覺很威嚴。我好想問他：為什麼老講一些很難懂的話？

昨天也是這樣，聽完班長郭軒平對我的介紹後，就對大家說了一個「張騫通西域」的故事，說他是促進不同文化交流的功臣，還把我叫起來，問我「願不願意也學他扮演這樣的角色？」

我呆呆地站著，沒搖頭也沒點頭，因為我完全不認識他說的張騫？

名字和他好像，是他的親戚嗎？為什麼我要學他？難道他雙節棍比我厲害？

當時，我覺得自己的樣子看起來一定很呆。

現在又這樣，我真懷疑他是偷渡來地球的外星人，家裡肯定有UFO（飛碟）！

最讓我受不了的是，這個宋騫老師又特愛我們背唐詩，好比：

千里鶯啼綠映紅，
水村山郭酒旗風。
南朝四百八十寺，
多少樓臺煙雨中。

說是從唐詩中就可以體會到千年中國的文化之美、文字之美、歷史之美。

我才不管哩！我只體會到我的腳：喲！好痛！

才上學兩天，我已經無法忍受了。

除了小美老師還可以，我真討厭這個學校、這個教室、這個桌子！

什麼張騫通西域？什麼樓臺煙雨？什麼高堂、娘親？我完全聽不懂，這是哪一個星球的語言啊？

我明天再也不來了！

君子一言，駟馬難追！（中文好一點後，我知道還有一諾千金、一言九鼎、言而有信、一言為重……都是信守承諾、說話算話的意思。）

沒騙你，隔天我真的不再去學校了！哦……正確來說，應該是「去不了」了。要不是朱震邦，搞不好那天我也回不了家。

當小朋友全都上操場排隊準備返家時，朱震邦又跑到我面前，盯著我看。

我頭也不抬，不再有心情理他，因為，我終於想到早上為了向撲克牌證明自己不是個「小小孩」，希望他別再來接我的事。

可是，現在……側趴桌上，我的眉頭擠成一團……喲！我的腳，好痛！怎麼回家？

朱震邦看我連理都不理他，拍拍我說：「你怎麼回家？」

「Leave me alone!（不用你管！）」

大概是聽不懂我說的話，他又拍了拍我：「胡杯杯（伯伯）的家我知道，我帶你回去吧。」

我疑惑抬頭，這次換我聽不懂他的話了。

「上來，我背你。」朱震邦蹲下來等我上他的背。

「你背不動，會跌倒。」

「沒問題，我常背著妹妹玩騎馬打仗。」

反正也沒得選擇了，我慢慢攀上他的背，重心還沒穩住，朱震邦馬上站起來往前飛跑：「快，不能讓老師看到。」

北極熊果真不是蓋的，背上多了我的重量，還是臉不紅、氣不喘，跑得虎虎生風。他繞到教室後面、跨過塌了一個洞的圍牆、跑進小巷……然後，在一個看似盡頭的地方，突然轉彎，穿過金黃一片的櫟樹林。

一陣風輕輕拂過樹梢，細碎金黃色的小花紛紛飄落，帶來一片黃金雨，落在我和朱震邦身上。我有些懷疑自己是不是在作夢？

「從這裡比較快，是我的秘密捷徑。不准說出去喔，只有你知道。」

說得好像很夠朋友，什麼只有我知道。原來，知道的人還有朱震邦唸一年級的妹妹，朱丹丹。

為什麼我會認識朱丹丹？因為，想不認識都難！不管朱震邦走到哪，她就跟到哪，簡直是朱震邦的影子，如影隨形。

我猜，她大概除了上學、上課、洗澡、上廁所之外，全都跟在朱震邦後面轉來轉去。有這樣的妹妹，看來朱震邦這個哥哥比我還要慘。怪的是，朱震邦好像一點也不介意、也不覺得麻煩。

「再告訴你一個秘密：這個櫟樹林有好多獨角仙，改天可以破例帶你來。」

獨角仙？長著長長犄角的獨角仙？我只在昆蟲百科看過圖片！朱震邦在我眼中忽然有了太陽的光芒。

可是，別說獨角仙，即使是學校，就算現在我想去，也去不了了。

外公從學校回來後（結果，他還是沒聽我的話，跑學校去了），對著我的腳不停東摸西按……啊！怎麼淨挑痛的地方下手？肯定跟我有仇！我偷偷瞪他一眼，不甘心地縮回腳。

「應該是扭到了，待會我麻煩國術堂周師傅來一趟。」然後，要外婆去熬煮一些青草茶讓我降降火氣。

不是我在說，我從沒喝過那麼腥、那麼嗆人的飲料（如果那也能叫飲料的話），我問婆有沒有可樂？可是，等婆一說「有外公的烏龍茶，要不要？」，我就完全放棄了。

那個周師傅把我的腳踝用一大堆聞起來味道怪怪的草藥給裹成了三倍大，我連抬起它都有困難，更甭提下床走路。倒是婆要我「別去學校，休息一個禮拜」這句話，還讓我有些「因禍得福」的快樂感覺。

美中不足的是，我現在的蠢樣子完全看在韓思眼裡，平常只有我罵他「笨」的說。

偏偏這小子又特愛來纏我：「哥哥的腳好像大象喔。」

我一怒，趕走了他。

然後又來：「哥哥很無聊嗎？我說故事給你聽。」

不必！你那個「貓小妹想回家」的故事，我沒興趣。翻身，閉上眼睛。

再來：「哥哥會痛嗎？我唱歌給你聽就不痛了喔。」

You shut up!（你閉嘴！）我摀住耳朵，拉下床簾。

終於，韓思好久沒再來煩我。不知為什麼？我總會習慣性地看看門口……我知道啦，一定是擔心他再度出現的關係。

中午，外婆笑咪咪地端來大鍋小碗，到我床邊：「小睿睿。來吃腳腳，長腳腳囉。」

吃腳腳，長腳腳？多可怕的一句話，肯定是咒語。

我探頭一看，看見滿盤大大張開五指的爪子以及一具半闔著眼，不知何時會突然睜開眼睛的鴨？還是鵝的——頭！

我本能縮身後退，用力搖頭：「我、我不餓。」

「不餓也得吃，雞腳有豐富的膠質，對骨頭很好的。來來來……婆餵你。」

爪子直伸向我嘴邊……眼看是躲不掉了，我隨即改變策略：「不然，我吃那個。」

我不知道那個是什麼？至少看起來圓圓的，可愛多了。

「好好，雞心也不錯。」

「什麼是雞心？」

「就是雞的心臟，又軟又香又嫩又補唷。」

什麼！心臟？我不要！

「那——那個呢？」

「枸杞豬肝湯喔？對骨頭疼痛最好了。肝臟鐵質很豐富，婆特別為你準備的。」

肝臟？？不會吧！

「不然……那個好了。」我指著一碗像是浮著白色果凍的東西，我的最後一線希望。

「豬腦啊？吃腦補腦，小睿睿就會越來越聰明了。」

腦？腦？腦？腦！就說妳是巫婆！媽咪，救我！

「婆，沒有炸雞嗎？不然，薯條也行。」只要別叫我吃這些東西。腳？頭？肝？心？腦？噢……我好想回美國！

幸虧韓思即時出現救了我，後面還跟著朱丹丹。

我還以為朱丹丹一下子懂事、再也不繞著哥哥朱震邦打轉了。原來，自從她知道韓思之後，便老往這兒跑，換成繞著韓思轉來轉去。繞著別人打轉好像是她的興趣？不知道她這樣累不累啊？

「婆，哥哥最想吃的是披薩。」

「披薩？」

「就是電視上的……39398889。」朱丹丹唱了起來，這招有用，外婆馬上懂了。

「哦——就是有很多餡的那個餅啊？」

我用力點頭，笑了出來。

「那個外婆會做，小睿睿自己先吃飯，外婆馬上去弄。」

我好開心呀！可見韓思不笨嘛，有朱丹丹這種反應快的妹妹好像也不賴。

尤其，當廚房飄來一陣又一陣的香味時，更覺得餓了一個下午的代價是值得的。

但也許是餓得太久，當外婆把那一個個圓圓、撒滿白芝麻的東西放在我面前時，我以為自己一定是昏了？傻了？不然，就是還在作夢？……這是——？

「披薩呢？」

「這個就是啦，裡面肉肉好多喲，小睿睿快吃。」

「這個不是披薩啦！哇——」等了一個下午的委屈，淚水完全潰堤。

「這個餡餡比披薩多，你看你看……」外婆咬了一大口，證明給我看。

我斷續抽泣搖頭，外婆有點慌了手腳，一旁的韓思跳出來幫忙：「哥哥，這個真的很好吃喔，我剛剛有吃。」

韓思拿起一個咬了一口，肉香飄過來，我吞了口口水。朱丹丹跟著拿起一個津津有味嚼著，我再吞了口口水。

盤子中剩下三個了，而且肚子真的好餓。

我淚痕未乾，緩緩拿起一個試探性咬了一小口……耶？好像不輸披薩呢！

我越吃越大口，外婆笑了。

後來，剩下的兩個也全讓我給吃了。

幾天後，我終於又可以下床自由行動，只是走起路來總有點跛、有點笨拙。由於腿沒法使力，每次踮腳想拿高處的圖畫筆或書時，總是七手八腳地翻落一地。

前面說過，我最受不了韓思的就是他運動神經不協調、反應遲緩的事了。現在，每當我很沮喪地蹲下身，撿拾整理亂了一地的圖畫筆時，不知怎麼總會想到韓思——常發生這種事的他，會不會也這麼沮喪？難過？

我忽然想起第一天到媽咪家時，韓思大哭的情形。

弟弟呢？大半天不見人影？

我走一步、停兩步，緩緩往外走去。一至庭院，看見韓思和朱丹丹在阿勃勒樹下唱著兒歌、玩得正開心。朱丹丹知道的兒歌可真多，除了「虹彩妹妹哼嗨喲，長得好嘛哼嗨喲……」、「妹妹揹著洋娃娃，走到花園來看花……」我不喜歡之外，其他像「娃娃國」、「杜鵑花」、

「不倒翁」、「數蛤蟆」……倒還可愛。

冬天的陽光很溫暖，為阿勃勒綠綠的葉子穿上亮亮的衣服。

我坐下來，不自覺跟著朱丹丹哼唱：「美麗的美麗的天空裡，出來了許多的小星星，好像是我媽媽慈愛的眼睛。……」

媽媽就是媽咪，媽咪的眼睛圓圓的，果然和小星星一樣。

忽然，朱丹丹停止唱歌。

「韓思，姊姊有好多娃娃，我們一起玩好嗎？」

「好啊。」我不屑翻眼，哼！女生的遊戲！

「韓思，姊姊知道一個開滿漂漂小花花的地方，帶你去好嗎？」

「好啊。」

又是女生的遊戲，別找我，我可不去！

「韓思，你真可愛，當姊姊的弟弟好嗎？」

「好啊。」

咦？我一愣，第一次有人想要韓思這個麻煩的「小烏龜」當弟弟?!

尤其，當韓思應聲說「好」時，心中隨即浮現出一種「怪怪」的感覺……

「韓思！」我大喊。

韓思尋聲回頭看見我，馬上一蹬一蹬、興奮跑了過來：「哥哥！」

韓思跑起路，左右搖擺的樣子簡直像個三歲小孩。

「沒事，看看你在幹麼？」

「那韓思，再跟姊姊去玩。」朱丹丹拉起韓思的手。

「不行，」我要韓思坐下：「跟我在這裡曬太陽。」

「幹什麼曬太陽?!」朱丹丹無法理解地看著我。

「就沒事，無聊啊。」

才剛說完這句話，後面意外出現一隻手，把我給拎了起來：

「無聊？我教你寫書法去。」

是撲克牌公公！

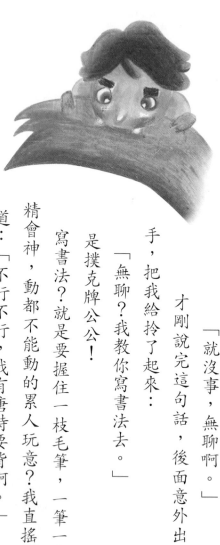

寫書法？就是要握住一枝毛筆，一筆一畫、聚精會神，動都不能動的累人玩意？我直搖頭，嚷道：「不行不行，我有唐詩要背啊。」

是真的，高子伊和郭軒平特地拿來給我，宋騫老師要我們背的唐詩。但我只看了開頭幾句：

「昔人已乘黃鶴去，此地空餘黃鶴樓；黃鶴一去不復返，白雲千載空悠悠。……」便擱在一邊，放棄了。

外公可不理我，在我和弟弟面前各擺上一副文房四寶——筆墨紙硯

——宛如刑具，要我乖乖就範。

外公先示範寫了一個大大的「藝」字：「一點一橫一豎一鉤一挑一撇一捺，繫乎一心。心要端正，字的精神才會出來。」

外公說些什麼，我不知道，我只看到那個「藝」字筆畫可真多。

外公擺上一副字帖，要我們開始臨摹。還在一邊「雞蛋挑骨頭」地調整我們的握筆姿勢——手腕要枕在桌上、毛筆要垂直桌面；食指與拇指相對將筆拿直，不能合攏、要留出一個「鳳眼」大的空間；手掌不可緊握，掌間必須能放進一個雞蛋。握筆姿勢不能太緊，也不可太鬆。

「這叫『指實掌虛』。『指實』寫字才有力；『掌虛』才能靈活運筆。」

外公又在說什麼啊？原來，喜歡說「外星話」的人不止宋騫老師！

寫了不久，手與臂脊已開始發痠，這到底是誰發明的？！虧韓思還能興味濃厚地寫著，朱丹丹更自動幫忙磨墨。

「我……我要背唐詩。」我諾聲唯唯，想宣告放棄。

「可以，把這張宣紙寫完再去。」

啊？等寫完這張紙，我的手大概跟腳一樣……完蛋了啦！

「以後，每天臨摹一張字帖給我，是中國人就一定要會寫書法。會寫書法、字就漂亮。」

我的耐性是有限的，這下全用完了，毛筆用力一甩、墨汁四散：

「我是美國人啦！」

「你頭髮是黑色的、皮膚是黃色的，就是炎黃子孫！」

「可是我的眼睛是藍色的啦！」管你什麼炎什麼孫！

「在我這邊你就是中國人！」

「那我不要在這邊，我要回美國！」

外公氣定神閒，完全不受我影響，又大大寫下一個「壽」字：「毛筆不會拿，這個『壽』字不會寫以前，我不會讓你回去。」

這個字看起來比剛剛那個字更難，我瞪大眼看他，咆哮道：

「You're not poker cards; You're a beast!（你不是撲克牌；你是大野獸！）」

「小心Beast吃了你。」外公似笑非笑。

我一聽氣哭了。

韓思聽到也把毛筆一揮，立刻跑過來打抱不平：「你別想吃哥哥！我咬你！」

韓思真的一口咬下去，可是好像沒什麼用，因為大野獸竟然揚起嘴角，像是在笑。

我張嘴詫異地看著韓思，原來我還有弟弟站在同一陣線，這大概是第一次我覺得有弟弟這件事似乎還不錯。韓思這小子滿夠義氣的，竟然會挺身而出，應該就是朱震邦講的什麼……對了，「拔刀相助」！

總算找到一個他的優點了，明天回去，我一定要馬上跟珍老師說。

沒錯，我已經決定明天回美國！明天就回去！

好啦，先跟大家說聲抱歉，淨說一些「大雷聲，小雨點」的話。

斬釘截鐵地說「不再去學校了！」之後，還不是又乖乖回學校上課；言之鑿鑿地說「明天回美國去！」結果，一看到媽咪陷入沉思，苦惱不語的模樣，我很快就投降了。

因為，我知道媽咪的考察計畫還要好長一段時間，我這樣媽咪會很困擾的。最後，只好勉為其難地妥協：「不然，我再給這個地方一點點時間看看好了。」

不過，我是真的有說哦！

週末媽咪回來後，我馬上把「回美國」這個想法告訴她。

為了證明我不是胡鬧、耍脾氣，我元元本本、仔仔細細地把朱震邦說我是妖怪，高子伊取笑我是洋娃娃的事說給她聽。當然，我是故意將高子伊在我跌倒時，扶我進教室；朱震邦背我回家這一段給省略了。

我又說了：教國語的宋騫老師只會說外星話，肯定是外星人，總要我們背一大堆有的沒的什麼……唐詩。當然，我又將很溫婉、很柔美、來看過我好幾次的小美老師給跳過去；連郭軒平教我怎麼背唐詩的事，我也沒提。

重點來了：就是白髮婆婆和大野獸公公（決定不再叫他撲克牌），說有多恐怖就有多恐怖。這裡沒有炸雞、薯條、披薩、可樂……我都不在意，可卻餐餐逼我吃那些很可怕的心、肝、腳、腦，

還有眼睛會動的頭頭（我承認我有誇大其詞）！

外婆香噴噴的小圓餅和滋味鮮美的豆花早餐，我卻隻字未提。

大野獸公公更可恨，不會笑沒表情也就算了，竟然沒事懲罰我們拿毛筆，不准放下來，還要我和弟弟每天寫十張字帖給他（我承認我又誇大其詞了）！

但外公天天接我上下學、找周師傅幫我糊草藥的事也一併讓我用擦子給擦掉了。

說真的，後來漸漸覺得媽咪家也沒我說的那麼討厭。而且，有些地方還挺新鮮有趣。哪些地方？你一定想問。

好吧，告訴你：像是媽咪家後院有一個水池，外婆就在那養了很多的鴨鴨、鵝鵝。

我最喜歡坐在池畔，一邊看著那些小鴨鴨在春光碧綠的水面上優游地嬉戲划水，一邊背誦唐詩：

「乳鴨池塘水淺深，熟梅天氣半晴陰。
東園載酒西園醉，摘盡枇杷一樹金。」

也喜歡邊幫外婆趕鵝，邊嚷嚷：

「鵝鵝鵝，曲項向天歌。
白毛浮綠水，紅掌撥清波。」

最好玩的是，那些白鵝也會「鵝鵝鵝」地回應我唷。

有沒有發現，我會背誦的唐詩好像越來越多了？這都要謝謝郭軒平，他說只要把詩裏的意思想成一面風景，很容易就記起來了。這招果然有用！

還不會背詩的韓思當然只能唱歌囉，這才發現韓思歌聲挺動聽的。

珍老師說的優點，又讓我發現了一個。

「醜小鴨、醜小鴨……喉嚨雖小，聲音大。牠就只會呱呱呱。……」

「呱呱呱……你聽這是什麼聲？就是母鴨帶小鴨。……」

然後，和外婆一個當母鴨，一個是小鴨，邊唱邊帶動作，好寶、好好玩，幾乎把我笑翻到池裡去了。

外婆真的很疼我們，只有一個地方我不滿意，就是：總愛叫弟弟小思思、叫我小睿睿，真搞不懂？幹麼要叫什麼思思、睿睿？還加一個「小」？超不酷的！

婆，下次再叫我「小睿睿」，我決定不理妳了！

外婆還有兩個很新鮮的菜園，一個有土壤，一個沒

有土壤。

很妙吧？沒有土壤怎麼種蔬菜？外婆說：這叫「水耕菜園」。

水耕菜園的特點就是完全不需要土壤，只要將植物生長的各種養分，依需要量調製成培養液，來讓作物吸收利用就可以了。因為不接觸土壤，所以，很少有病蟲害，還可以縮短生育期，提高收穫次數。棒吧！

在這裡，我認識了許多蔬菜的廬山真面目，像白蕪、大蒜、茼蒿、豌豆、甘藍、蘿菜……原來長這樣啊！小黃瓜還會開黃色小花喔；一株辣椒更妙了，圓錐形的果實竟然朝著天空生長？外婆說它是「朝天椒」，絕對辣得讓你眼淚直流。

外婆還說：最重要的是她年紀大了，水耕栽培對她比較輕鬆。

我望著外婆隨風拂弄的滿頭白髮，覺得不再像雪，而是迎風搖擺的白玫瑰。茉莉奶奶的頭髮絕對沒這麼好看。

我對外婆說，外婆呵呵笑得好開心，誇我嘴巴真甜。嘻。

有土壤那個菜園雖然小，卻相當美麗。

翠綠的田園，冒出朵朵橙紅小花，外婆告訴我它的名字是金針花，等到夏天，花開一片時，才是漂亮。金針花用來煮湯滋味最鮮美了，屆時一定清燉排骨給我和韓思嚐嚐。這麼惹人憐愛的小花也能吃啊？忍不住嚥下口水。

一隻小蟋蟀蹦手蹦腳跳過我的腳，我不太在意。畢竟，看多了，這種小昆蟲田裡多的是！

吸引我視線的反倒是被「殺手」（我還不習慣叫牠「寶貝」）追著跑的韓思。

說是追，還言過其實。因為，依韓思的速

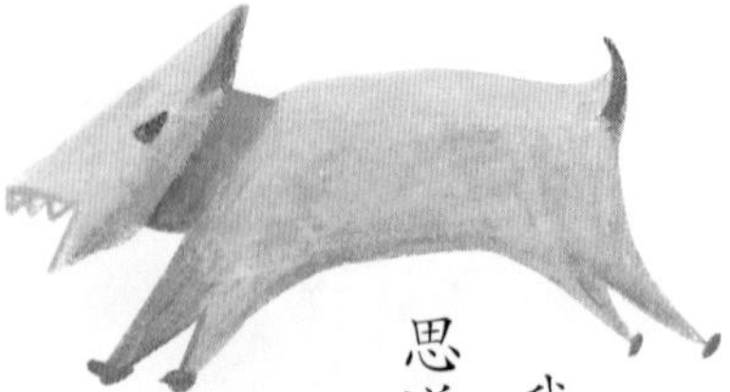

度，殺手根本不用追，只要一個跳躍就可以把牠仆倒在地。

我懷疑牠是故意放慢速度，享受追捕獵物的樂趣，這會兒韓思道道地地成了殺手的獵物了。

我坐在田埂上「隔岸觀火、事不關己」地觀賞這幅追捕獵物的畫面，直到韓思整個人趴倒在金針花田中、殺手一躍而上……我就知道。

過了一會，韓思才慢慢坐起來，抱著膝蓋、低著頭、皺著眉，殺手則對著韓思不停地聞聞嗅嗅。

怎麼了？

我好奇走過去，看見韓思拉起褲管，膝蓋被田中泥塊給挫出紅紅的傷

痕。韓思抬頭看我，眼中雖有淚水閃閃，卻還笑著：「哥哥，我又跌倒了。」

我倏地想起自己受傷時，手腳不靈活的沮喪感覺。韓思這時候也有這種感覺嗎？可是，他怎麼還在笑？

好像有人朝我心湖丟進一塊石頭──咚！我心底很用力、很有感覺地晃了一下。

蹲下來，摸摸韓思挫傷處。

「呼呼……」我用嘴輕吹韓思膝蓋。

韓思先是一副不明所以地呆住，接著可能覺得我的動作既滑稽又好玩，也依樣畫葫蘆地朝我臉上吹氣：「呼呼……哥哥，呼呼……」

少得寸進尺！我瞪他一眼。

不要以為我已經很喜歡當哥哥這件事了，才不呢！我是看在你為哥哥挺身而出、咬大野獸的勇氣上；而且，誰要我答應爹地、媽咪幫忙照顧弟弟！

我是男生，男生說話要算話。

萬一你受傷生病，我可就「食言而肥」了。（咦？我的成語好像也進步了。）

唉，成語進步歸進步，終究擺脫不了「食言而肥」這四個字。還不是韓思這麻煩小子害的！

從金針花田回來後，看他寫字帖時，一臉精神不濟、昏昏欲睡的模樣，我就發現不對勁了。要他別寫，去睡覺，偏又逞強：「我覺得這個毛筆好好玩，而且……」

真搞不懂你，寫毛筆字有什麼好玩？喜歡寫，哥哥這一份也全讓你寫啦。

「哥哥，我會冷耶，可不可以先睡覺？」

終於肯認輸了？會冷？那下午還不肯穿外套！哥哥都想圍圍巾了。

我點頭，伸手想牽弟弟上床，這才發現——韓思！好燙！

依我的精準判斷，肯定是發燒了。誰叫你不穿外套！

爹地媽咪知道的話，一定會對我很失望的啦。

沒時間想這些了，我第一個想到——得趕快讓外婆知道！

我敢說，自從第一天來媽咪家到現在（包括我腳受傷時），我從沒看過外婆這麼緊張著急的表情，她慌張端來溫薑茶餵弟弟喝，又要我幫忙去找外公回來。

我感受到了事態的急迫性，在「老人會社」中找到外公後，硬是把他往外拉。其實，我使出的吃奶力氣還抵不過我的一句話：「弟弟生病了啦！」

外公聽到我這麼說，迅即將我放上老爺單車，匆匆返家。然後，和外婆一起急忙送韓思到鎮上的醫院。

他們走後，我一個人坐在空蕩蕩的客廳，雖然電視上播放著「金光布袋戲」——「金光萬道、瑞氣千條……」的對話飄進我耳中，卻完全引不起我的興趣。

想起外婆緊張、外公匆忙的樣子，韓思會有事嗎？

不知又過了多久，等我醒來時，已經在暖暖的被窩中了。

我什麼時候上床的？怎麼不記得了？然後，想起弟弟，韓思呢？回來了嗎？

我輕手輕腳下床，摸黑走到客廳，發現外公外婆的房間還亮著小燈。我悄悄走過去，瞥見韓思熟睡的臉，外婆好像也睡了，倒是外公沒睡，坐在床沿。

大野獸怎麼不睡覺？難道他想幹什麼？我得盯住他！

我輕輕在房門口石階坐下，偷偷望著外公。結果還是睡著了，醒來後又好端端躺在床上暖暖的被窩裡。

韓思？清醒後第一個閃入腦中的名字。

管不了冬天地上是否冰涼，沒來得及穿鞋，便一股腦往外公外婆房間跑去。一進門，卻見韓思好端端坐在床上，外婆正餵他吃著一碗熱騰騰、香噴噴的東西，臉上紅通通的，看來是好多了。

「哥哥，早安。」韓思開心笑著，好像什麼事都沒發生一樣。

不知為什麼，我也好開心、好想笑。

「哥哥，我跟你說，那個針筒有這麼大耶。」韓思瞇起一隻眼，盡其所能用食指、拇指比出一個「大」圓。

「你不怕嗎？」

韓思篤定搖頭：「我很勇敢，都沒哭。」

說實話，這我還做不到，每次只要一看見尖刺銳利、鋒芒閃爍的針頭，眼淚就像逃家的小孩，怎麼也管不住。我不禁有些佩服韓思起來。

「小睿睿，桌上那碗金針排骨湯，你的哦……快去吃。」外婆回頭，微笑說道。

外婆說過的金針清燉排骨？我口水一吞，也不管韓思和針筒了，隨即開跑「尋寶」去。

「好吃好吃。」我舌尖味蕾滿足感受，彷彿連手中傳來的暖暖溫度都是香的。

「好吃好吃。」韓思又學我了。

婆笑著再餵了他一口。

呵，好吃。

6 最漫長的一天

天氣好冷呀！西雅圖的冬天也沒有這麼冷。

我把自己想像成一輛蒸汽小火車，嘴巴是煙囪，一呵氣，白色蒸汽緩緩飄散，氣笛鳴響、「嘟嘟」啟動。

眼前有條軌道，無限延伸……一直延伸到了中南美洲，爹地那兒。

這一天，是怎麼開始的呢？很神奇，正是由獨角仙振翅飛過，揭開序幕。

朱震邦和高子伊來找我時，我這輛蒸汽小火車正繞著阿勃勒樹，一圈一圈前行，嘴裡滔滔不絕地背誦著新功課：「朱雀橋邊野草花，烏衣巷口夕陽斜。舊時王謝堂前燕，飛入尋常百姓家。」

宋騫老師解釋這首詩：說的是「景物依舊、人事全非」，「白雲蒼狗、滄海桑田」的感慨，怎能不給人「撫今追昔」、「黯然神傷」的感觸？

我真的有認真聽課，也沒偷看窗戶外面興奮上著體育課的同學。可是，宋騫老師肯定又在說外星話了，不然，我怎麼一個字也聽不懂？

還是郭軒平後來描繪給我聽的景象故事容易懂：

有一條名叫「朱雀橋」的四周，綻放生長著許多不知名的小花小草；有一處名叫「烏衣巷」的巷口，夕陽餘暉斜斜地照了進來。很久很久以前，這兒曾經有

過「王導」、「謝安」兩個繁華熱鬧的大家族；只是，很久很久以後，兩個家族的人都已離散遠去，而當時盤旋流連在他們家門堂前的燕子們，也不知在什麼時候飛進平凡人家的屋簷間築巢去了。

郭軒平這麼一形容，我就全懂了：這首詩說的就是「Memory，回憶」嘛！

老師應該由郭軒平來當才對。

郭軒平聲音雖然小了點，也害羞了點，但卻是相當熱心助人、對我也極有耐心。說他是「好朋友」，絕對當之無愧。

才想到郭軒平，我另外兩位身體一「壯」一「高」的好朋友——朱震邦和高子伊就出現了。

若是他們沒來找我，或許今天就不會這麼漫長、這麼難捱。

「韓睿！」朱震邦吃驚看著不停繞著樹幹、呵著白煙，傻瓜似的我。

「你還好吧？」高子伊跑過來，試探我額頭溫度是否無恙？

我笑著大呵一氣，裊裊白煙在高子伊面前擴散開來：「我，是開往中南美洲的蒸汽小火車。」

朱震邦用力推了一下我這顆「火車頭」：「別管什麼東西南北洲了，我們一起到櫟樹林找獨角仙去吧。」

獨角仙！我眼睛亮了起來，甲蟲之王！

昆蟲百科介紹過：獨角仙又稱兜蟲，是「鞘翅目」的昆蟲。所謂「鞘翅」，就是牠們的一對前翅已經特化成一副硬殼，用以保護雙摺的後翅和柔軟的腹部，還能在飛行時，具有平衡碩大身軀的功能。

獨角仙的天敵是細菌和螞蟻；食物是

水果、木屑中的介質、土壤中的營養物或舔食樹液。所以，在流有樹液的櫟樹、枹樹、柞樹上，最能發現牠們的蹤跡。

當然，獨角仙之所以能吸引我的目光，絕不會是這些原因。而是牠那孔武有力的外表以及震撼人心的打鬥方式：雄獨角仙披著一身光澤閃亮的深褐色盔甲，不但頭部前方有一支鹿角狀的超大犄角，前胸背板中央也長有一支小犄角；當牠和對手相抗或察覺受到威脅時，便會像隻機器戰獸般緩緩轉身，然後壓低前角，奮力前推，將犄角插入對手腹部下方，一抬頭，直接跳下樹幹或者來個更具震撼力的後空翻，將對手遠遠拋飛開來！

魅力十足吧?!真不愧是名副其實、甲蟲中的大力士！

這麼帥、這麼威武、這麼霸氣的甲蟲，我卻只看過圖片，從沒親眼見過，那……還等什麼！

我這輛蒸汽小火車，一時加注許多燃煤、火力全開。匆匆跑進屋內、再匆匆趕出來，手上也多了個從外婆廚房「借」來的透明小盒子，打算用來充當獨角仙溫暖的臨時居所。

我喘噓噓、滿臉期待：「走吧！」

大隊正要開拔，韓思小小的身影突然出現在身後：「哥哥，我也去。」

「弟弟眼睛也是藍色的……」朱震邦喃喃自語，這次沒再加上「妖怪」兩個字。

「這個更像我妹妹的娃娃了……」「娃娃」想必是高子伊唯一學會的形容詞。

兩人同時望著我，等待我的決

定。

我心一橫，半推半拉著韓思往屋裡去：「你不能去！哥哥是要去辦很重要的事！」

沒錯，這個時候絕對不會有其他事比「找獨角仙」來得更加重要。

「哥哥……我也想找獨角仙……」韓思眼中充滿乞求與盼望。反應雖慢，聽力倒是靈敏。

不行！不行！不行！我猛力搖頭，以韓思歷來的行為表現紀錄，肯定壞事！

我丟下韓思，吆喝：「出發！」

韓思又「東倒西歪」地跑了出來：「哥哥……」

耐性不佳的我，再次把韓思強迫往裡推。

要是朱丹丹現在在這就好了！朱丹丹呢？需要她的時候，她偏不出

現！

這下不使出撒手鐧是不行了……我裝作若無其事，緩步走到外面。

趁著韓思不備，大喊一聲：「衝！」

大隊開跑！

呼……鬆了口氣，好不容易甩開這塊黏人的橡皮糖。

朱震邦像頭識途老馬，領著我和高子伊穿過一畝畝稻田。稻穗皆已收割下來，田裡只剩下一綑綑紮成錐形的稻草。

天色微暗，夕陽把稻田的顏色挑染得更加金黃，也把我們的影子拉得又高又

長。那影子——應該就是自己未來長大後的樣子吧？

先是高子伊擔心起這時候去找獨角仙，牠們會不會全「日落而息」，睡覺去了？朱震邦隨手拔一起一株狗尾草，叼在嘴巴，回頭道：「才不呢，黃昏以後，牠們才會出來活動；白天，反而躲進樹幹睡覺去了。」

「沒錯、沒錯！獨角仙是夜行性甲蟲。」我點頭附和道，卻發現朱震邦瞪大眼睛，張大嘴巴，不再說話，口中的狗尾草也掉了下來。

看到什麼了？我也回頭……這可不得了！遠遠的那個小小人影不是……韓思嗎？真有毅力，還是跟了過來。這時的我，應該是要佩服還是生氣呢？

我們一行三人完全黏在地上，無法移動。

「哥哥……等我……」韓思喘著氣，重心不穩地跑近，可見費了他

好大力氣。

「回去啦！」我選擇了生氣。

韓思一臉無辜，待在原地。

「你再亂跑，哥哥就真的生氣了。」說完轉身，大步走向前。然後，突然拉起朱震邦和高子伊：「快跑！」

我邊跑還邊回頭望，直到確定韓思已消失在視線可及範圍內，才慢慢停下腳步。而那片櫟樹林也已在不遠處。

「這樣好嗎？」高子伊有點不忍心。她雖然高，可畢竟是女生。

「管他！」我畢竟是男生。

「要是我這樣，丹丹一定跟我翻臉。」

「翻就翻！誰叫他這麼麻煩！」可見我比朱震邦更像男生。

櫟樹林金黃不再，紅滿枝頭。上帝一揮手，全給它們換上了紅褐色的冬衣。

我們踩踏掉落地上的燈籠狀蒴果，窸窣前進。

暮色又被悄悄倒進了點墨水，顏色再加深了些；晚風一定也是剛從冷凍庫中竄跑出來，顫得人心寒。我們在櫟樹林中仔細尋找叩訪，逐一檢視樹幹上的刻畫痕跡。大膽假設，小心判斷獨角仙各種可能去向，專業素養絕不輸給名偵探。

失望的是，除了意外發現的一隻小啄木鳥帶給我一陣短暫欣喜之外，什麼獨角仙？根本是連個翅膀的影子都沒瞧見。我不停摩擦搓弄戴著毛手套的雙手，尋求一絲暖意。

又是高子伊最先起了疑心：「現在還會有獨角仙嗎？小美老師自然課好像有說過：夏天才是牠們出現的季節耶。」

是啊！一陣電流竄過全身，高子伊的話提醒了我：獨角仙在春末夏初破蛹羽化後，壽命很短暫，只有一個月。昆蟲百科明明有說的，我怎麼忘了?!

現在這個季節，大概只能找到牠剛孵化的幼蟲了！失望又失落的情緒完全寫在我的臉上。

「誰說的！那天我回家明明還有看到一隻在舔食樹汁！」朱震邦還不死心。

「如果你沒眼花，也不是作夢，那麼，你看到的肯定是隻『人瑞』獨角仙。」

高子伊蹲在地上，自顧自地撿拾蘋果，明顯已經放棄希望。

「不相信？我找給你們看！」

為了證明自己所言不假，朱震邦比一開始更加賣力、更加拚命……皇天不負苦心人，終於讓他給找到了兩隻獨角仙——的幼蟲。

朱震邦放在手掌，表情愧疚地遞給我：「要不要？」

看著他手中肥嫩蠕動的雞母蟲，我搖搖頭：「還是讓牠們回家吧。」

是啊，等牠們羽化成為獨角仙時再說好了，我對軟軟的蟲寶寶可沒興趣。

如果你以為我是空手而返的話，那你就錯了。

獨角仙？我是沒找著；但朱震邦卻幫我意外捕獲了兩隻圓滾滾、色澤鮮豔，很可愛的小瓢蟲！

我看著待在透明小盒子中的小瓢蟲，正津津有味地嚙咬咀嚼著櫟樹葉。在小枯枝上緩緩攀行的模樣，有如兩輛懂禮貌、遵守交通秩序的瓢蟲公車，優閒愜意極了。

呵，等一下韓思看了，一定也會覺得很新鮮、很有趣吧。

想到韓思，下午扔下他不管的畫面重新回到了腦海，心中的罪惡感也如春芽般，悄悄甦醒。算了，等一下這兩隻小瓢蟲全送給他，總可以吧？

沒想到，事情完全不是我想的這麼簡單！

回到家，我蹦蹦跳跳、三步併兩步、雀躍跑進屋內，大聲呼喊：「看！韓思，快來看，哥哥抓到小瓢蟲了喔！韓思！」

但不見韓思，只從廚房傳來陣陣菜香以及外婆忙碌準備晚餐的聲響。

「小睿睿，小思思……快來吃香噴噴的香菇球喔。」外婆聽到了我的聲音。

我匆匆趕至廚房，望著外婆的背影，納悶：韓思呢？

肯定睡著了！我又匆匆趕至房間，然而——空空如也！

該不會又和朱丹丹在阿勃勒樹下唱歌吧？

樹下依然不見韓思的蹤影，連殺手都不見了，韓思呢？

最後，我又奔回廚房，望著外婆的背影，想說話，卻被不知名的異物給哽住喉嚨、不敢吭聲。

「怎麼跑來跑去的呀？肚子餓了吧，我的小睿睿、小……」外婆轉身，疑惑看著我：「小思思呢？」

我心虛搖頭，一句話也說不出來。

外婆臉色瞬間大變，關了爐火、丟下鍋鏟，慌張重複我方才尋找韓思的路線。再回來時，身邊跟著同樣顯得急切不安的外公。

外公把我拉到跟前，我看見他眼中燃

著兩團駭人的火球：「下午韓思不是還和你在一起的嗎？」

「我有叫他……不要亂跑，我要他乖乖……待著……不要亂跑的……他都不聽……」

我低下頭、話說得亂七八糟；我不敢看外公的眼睛，外公眼中的火球燃燒得我好害怕、好想哭。

想哭的不只是我，外婆此刻的表情比上次韓思生病時更難看，心緒完全亂成一團：「怎麼辦、怎麼辦……這麼晚了、到哪去了……」

一抬頭，外婆眼中閃過一絲神采：「該不會跑到水池邊玩了？他對那些小鴨子最有興趣的……」

我眼睛也亮了起來。沒錯，肯定又跑到水池邊對著黃色小鴨唱歌了！

呱呱呱……醜小鴨、醜小鴨……

我比外公外婆更快跑至後院。

呱呱呱……但歌是小鴨群自己唱的，不是韓思……韓思呢？

我茫無頭緒；外婆同樣六神無主；但外公卻出現一個奇怪的行為：他拿起一根長長的竹竿持續往水池裡翻攪、撈探。

「你什麼意思啊！」外婆淒聲厲喊、掉出淚來。

「這小子動不動……就跌倒……跌倒的……」

外婆聽了眼淚掉得更凶，卻也跟著拿起竹竿往水裡滑動。

我發現外公的聲音、手都在發抖，終於想通了外公的話和動作！

我驚愕哭出聲音，繞著池邊大喊著「韓思」！可是，水面波光粼瓢，一點回應也沒有，只有紡織娘唧唧織布的蟲鳴聲。

韓思！對不起啦！你快點出來，這兩隻小瓢蟲全都送你啦！下次你想去，哥哥會走慢一點，讓你一起去啦！快點出來，不要躲起來啦！你知道哥哥最討厭的遊戲就是捉迷藏了！

但不只是人，韓思這次是連呼吸聲音都藏起來了。

弟弟，你在哪裡？！

外公外婆最後發現韓思跌入水池中——的可能性，並不高。他們交代我乖乖在家等候，兩人便協議一南一北分頭往村裡找去。

此時的我，懊悔極了！

其實，韓思也沒那麼麻煩啊；其實，韓思雖然運動神經老是慢半拍，可是他也已經很努力了啊；其實，韓思會想要把冰淇淋帶回來給我吃，是想和我分享啊，我怎麼還笑他笨呢；其實，上次受傷，韓思會想唱歌、說故事給我聽，那是怕我無聊的關係，我怎麼可以那麼不耐煩呢……

我答應爹地要幫忙照顧弟弟的，我卻沒做到！媽咪也說她相信我會是個好哥哥的，我卻失職了！

幾顆星星掛在天空，我想起了媽咪的眼睛……媽咪……我的眼睛又溼了起來。

都這麼晚了……韓思！你快點回來啦！

汪汪汪！……是殺手的聲音！殺手回來了，韓思一定也回來了！

「韓思！」我興奮地跑到院外，卻只看見殺手不停搖晃尾巴，對我嗚嗚叫著。

我失望極了，頹然在韓思和我一起曬過太陽的門階上坐了下來。

殺手咬嚙著我的褲管。

「去旁邊，別吵我。」

嗚嗚……殺手低聲嘶鳴。

「我要等韓思啦。」

汪汪！殺手聽到韓思的名字，瞬時有了反應。

「你知道韓思在哪裡嗎？」我試探問道。

汪汪汪汪！！這次殺手叫聲更響。

從第一天來媽咪家，殺手展現牠乾淨俐落、老當益壯的身手開始，我就知道牠必然是條聰明的好狗！說不定?!

「快帶我去！」我迅速起身。

殺手領著我往前跑，快速輕盈的身影，像是飄飛在夜風中的黃絲巾。牠跑進田隴、跑上田埂、跑向下午我丟下韓思不管的空曠稻田。

我還是看不見韓思的人影，但，遠遠的，我已經聽見韓思稚嫩的聲音——歌聲！

韓思在唱歌，唱著爹地教過我們「美國鼠譚」動畫中，主角小老鼠寂寞時所唱的歌曲：「Somewhere out there...beneath the pale moonlight. Someone's thinking of me and loving me tonight...（就在那裡，在蒼白的月光下，今晚有一個人正想念著我並且愛著我……。）」

爹地說，寂寞的時候，唱歌最有用了。

韓思一定是覺得很寂寞。

對不起……我滿是愧疚、不知道在跟誰道歉……

汪！汪！汪！殺手引帶我跑近……我終於看見了韓思！

韓思一雙小手興奮招擺：「哥哥！哥哥！」

原來，他受困在一條乾涸的灌溉溝渠中，無法脫身。

「哥哥，我沒有亂跑喔。我有聽你的話要回去，可是不小心滑倒……滾了下來，就出不去了……」

「哥哥，我有聽明喔，因為我聽到殺手跑過去的聲音，就一直叫牠、一直叫……跟你說，殺手也有聽明喔……」韓思一身泥，鼻子凍得紅紅的、整張臉也紅通通的，像是一顆滾落泥中的小番茄。

韓思繼續說些什麼，我已經聽不清楚了，我只看到他嘴中不停冒出白煙，一定很冷吧？黑漆漆的稻田，一個人在這裡，一定會害怕吧？韓思雖然在笑，可是眼睛卻腫腫的，一定是哭過了吧？

還好，水溝裡沒有水……對不起、對不起……我垂下頭，忍不住咽嗳泣起來，久久無法停止。

我突如其來的啜泣，把韓思給嚇了一大跳：「哥哥？大野獸又欺負你了嗎？」

我搖搖頭，伸手給韓思，想拉他上來。沒想到我高估了自己的手勁，也低估了韓思的重量，一咕嚕……兩個人又一起滾了下去！

韓思看看我，我看看韓思，不約而同地大笑起來。

我這張又哭又笑的臉，這時候看起來一定很遜很糟？幸好，我看不到。

殺手在田埂上頭，低聲嗚嗚，像是在疑惑「我們怎麼還笑得出來」？

「哥哥，怎麼辦？」韓思笑著問。有我在身邊，他大概一點都不擔心了。

「我想想……哥哥很聰明的……」

果真，這個問題沒多久就讓我給輕易解決——我蹲下身當墊背，讓韓思先爬出去，依我的身手，要上岸簡直易如反掌。最令我高興的是：當韓思踏上背脊時，我竟一點也不覺得重。我想，我是越來越像爹地了！

稻田脫下白天的金黃色外套，換上墨黑色的大衣。天上，只剩星星在眨眼。

但是，我不擔心。因為，前方有聰明的

殺手充任「開路先鋒」。

「走吧，跟著哥哥還有殺手，保證不會再摔倒。」

話才說完，殺手汪汪大叫兩聲、飛步跑開，絲毫沒有商量的餘地。

「殺手！站住！」我錯愕大喊。

殺手越跑越遠。

「殺手！」我聲嘶力竭。牠不知道我在叫牠嗎？好吧……

「寶貝！寶貝！回來！」我終於說服自己叫出「寶貝」這個名字。

可惜，「寶貝」效應依然是零，殺手（我還是習慣叫牠殺手）一溜煙轉眼不見。

「沒關係，跟著哥哥慢慢走，一樣可以回家的。」

韓思信任點頭。我把弟弟冰冰的小手從後頭拉過來放進自己的口袋握著，假裝是一輛組合小火車。

「嘟嘟……」我一呵氣——白煙冒出，氣笛鳴響：「火車啟動！」

「火車快飛、火車快飛……」韓思接著唱起朱丹丹教他的兒歌。

我也齊聲唱道：「……飛過高山、飛過原野，不知飛了幾萬里？快到家裡、快到家裡，爸爸媽媽真歡喜。……」

汪汪！

過了一會，殺手又朝向我們跑來，後面還跟著一個人——殺手把外公帶來了。

外公大喘著氣，默默看著韓思和我，好久都不說話，就是不說話。

我心中有了不祥的預感：完了！大野獸要罵人、要發脾氣了！

然而，這次我沒猜對。

等外公漸漸不喘氣了，他深吸口氣，語氣平穩地說道：「沒事、沒事就好。」

轉過身，背對韓思蹲下：「走，回家吧。」

折騰一個下午，韓思也夠累了，乖巧趴上外公安穩的後背。沒多久，雙眼便不停勉強搧動，睡意襲來。

走在外公和韓思的身後，田埂上偶爾會有一隻小水蛙跳過腳踝，但我已經沒有心思再去注意。

終於要回家了！

怎麼今天感覺特別的漫長啊？

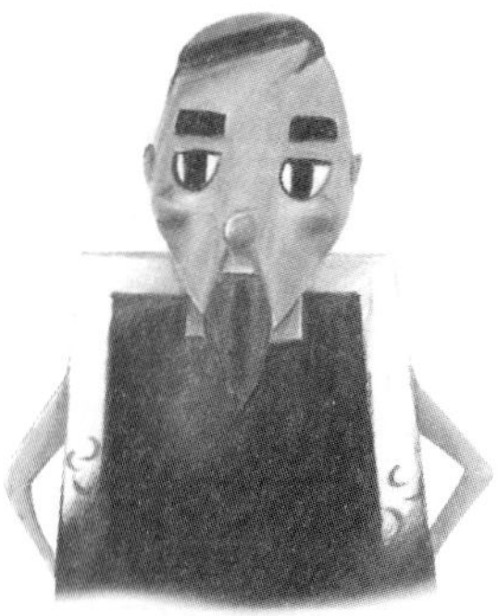

7 過年

時間赤腳飛快跑著，將今天與明天跑成昨天、跑成了過去式。有人為時間畫上一條終點線，跨腳越過，新歲來臨、一年又盡。

過年了！

說實話，一開始，我才不管什麼「年」不「年」的，儘管朱震邦說得再眉飛色舞、高子伊形容得再熱鬧生動、郭軒平頻頻暗示「屆時你就曉得了」，我還是完全不當一回事。因為，我和韓思心中只有聖誕節，那才是真正了不起的大事！

我保證：如果朱震邦、高子伊和郭軒平看過掛滿星星、燈燭、天使、馴鹿、彩花、樹下擺滿禮物的聖誕樹；如果他們收過從聖誕襪中，憑空出現的聖誕禮物；如果他們享用過耶誕火雞大餐；如果他們觀賞過洛杉磯的耶誕大遊行，被聖誕老人、米老鼠、維尼小熊給熱情擁抱過的話，一定也不會覺得「過年」這件事有什麼稀奇。

爹地說聖誕老人的故鄉在芬蘭，有天一定帶我們親自去拜訪聖誕老人的家……想到這裡，我忍不住要嘆氣：在媽咪的家鄉，聖誕節竟然只是日曆上平凡的一頁，悄悄地便被撕去了！（沒有聖誕節的地方，真不曉得媽咪是怎麼長大的？）

只有外婆，可能是唯一一個了解聖誕節重要性、盡心準備聖誕樹和薑餅屋的「智者」。

只可惜，了解歸了解，當薑餅屋成了用仙貝餅乾、糖漿黏住的

「小醜屋」；當聖誕樹成了外公的鐵樹，還結了一堆粉紅蝴蝶結代替燈泡、撒了一堆保麗龍屑，象徵雪花，簡直像是一堆……嗯，我可以說……垃圾嗎？

韓思和我只能用「目瞪口呆」的表情，望著外婆的「聖誕樹」和「薑餅屋」。心中滿是期待的韓思直抿嘴、幾乎快哭了，又看到外婆失望的表情，我只好假裝很感興趣地大口吃起「仙貝屋」，引誘說服他也試試，才讓弟弟暫時忘了「聖誕節」這回事。

平心而論，「仙貝屋」還挺香脆可口

的。外婆的東西好像都是不好看，卻很好吃，記得上次的「披薩餅」，不也是這樣?!

這個寥落悲慘的聖誕節剛走不久，被我完全不當回事的「年」就接著「上場」了。

外婆說過年又叫「春節」。而且，過年裡有很多不可思議的迷信、傳說與禁忌；新鮮好玩的習俗與活動；食物有含義、說話講喜氣；幾乎每一天都有不同的情節等待上演；幾乎每一天都有不同的故事輪番上替。中國人的想像力、無邊無際，真像海洋……讓我慢慢說給你聽吧。

除了「年」是一隻會吃人的凶猛怪獸之外（這個傳說和荷蘭會帶棍子打小孩的聖誕老公公同樣不吸引我），最有趣的是外婆說「會上天庭打小報告」的灶神爺爺，所以，才必須用酒灌醉他，讓他話都說不清楚；用糖果餵飽他，讓他只講甜言蜜語。

我聽了捧腹大笑，望著牆上那張「圖畫」：「他又不是真人，怎麼可能會講話？」

外婆連忙要我別亂說話，趕緊在灶神嘴巴塗上蜜汁，還說天上有個很偉大的玉皇大帝，灶神是他派下來的警察，紀錄每個家庭的善惡功過，然後，每年這個時候回報給他。

「可是，天上很偉大的神不是耶穌嗎？」呵，韓思也迷糊了。

外婆當下被考倒，只好「去去去」地把我們趕了出來。

一出廚房，便看見廳堂上多了幾株水仙花、吊鐘花、報歲蘭等應景花卉，而外公正用著金粉墨汁寫著書法，還張貼了許多紅豔豔、喜洋洋的字條……我知道，那叫「春聯」。

我發現有些「春」、「福」、「財」字都貼反了，想說可又害怕被外公強迫抓去寫書法。回頭正想離開，外公看著所寫的春聯說話了：

「『新年納餘慶，佳節號長春』，是中國第一副春聯，知道是誰寫

的嗎？」

這……我怎麼可能會知道？我成了個失去反應能力的「123木頭人」。

「是一千多年前，一位名叫孟昶的蜀國皇帝所寫的。」

外公說著擺上了兩副文房四寶，要韓思和我就座：「來，一千年前祖先開立的心意，一千年後的子孫可不能讓它消失。」

果然不出我所料！

我望著眼前的「文房四酷刑」，諾諾道：「我……婆要我幫她『掃年』。」但外公置若罔聞、不為所動。

「掃年」，換句話說就是「大掃除」。

這我也有意見：「為什麼要特別大掃除呢？平常保持乾淨最重要呀。」

外婆說：「大掃除就是除舊布新、送禍迎福。意思是把過往一年所有的晦氣都掃光，掃光了才會有好事發生啊。」

好事發生？哼！虧我還那麼努力幫忙，看來一點都不準嘛！

握著毛筆的手腕漸漸發痠，我又開始想念爹地、想念美國的家了。家？這個字筆畫不多，我大大寫下，來滿足自己的想望。

想不到，外公對我這個「家」字還挺滿意，點頭自語道：「練習果然是成功致勝的不二法門，進步不少。」

而興致勃勃的韓思則絲毫不以為苦，好像正在從事一項好玩的遊

戲。至於他寫些什麼，我想就不必在乎了，因為他根本連筆都還握不好，不管外公糾正調整過他多少次握筆姿勢，那枝筆啊……呵，永遠都像斜倒一邊的比薩斜塔。

「為什麼那些字看起來怪怪的？」韓思直指我一開始便發現的反貼春聯。

「因為『倒』是『到』的同音異義字；因此，倒著貼的春聯象徵春天、財富、福運的到來。」

哦——原來如此！那我可不可以也把這個「家」字倒著貼，不就表示「到家囉！」

多虧朱丹丹似歌非歌的順口溜帶來了自由的氣息，不然我真不知還得寫多少的毛筆字。

「初一早，初二早，初三睏到飽，初四頓頓飽……」

「韓睿，送財神爺去啦。」除了朱震邦和朱丹丹，一身新衣新鞋的高子伊和戴著一頂紅色小帽的郭軒平也在門口張望。

送財神爺？新流行的遊戲嗎？……管他是什麼，只要能讓我擺脫「筆墨紙硯」這四個纏人的傢伙，還有什麼好猶豫的？

不過……我望著外公，等待他的「應許同意」。外公看看我，不久便點頭道：「去吧。」

我敢說：發射中的太空梭肯定也比不上我此時的速度。我「連滾帶爬」……喔，不！是「連衝帶奔」地跑向門外，加入朱震邦一行四人的

行列。

哈！哈哈!!哈哈哈!!!我臉上堆滿「重獲自由」的笑容。

「等一下，你聲音一定要大一點喔。」高子伊諄諄提醒郭軒平，郭軒平點點頭；朱震邦則給了我一疊說是「財神爺」的畫像。

五人同行、並肩出發。

「哥哥……我也去……」跟上次一樣，韓思又遠遠跑了過來；跟上次不一樣，這次我很有耐心地等著韓思：「跑慢一點啦，哥哥會等你的。」

牽起韓思的手，我似乎慢慢學會了「有耐心」這三個字，感覺也不會很難嘛。

所謂「送財神爺」就是挨家挨戶拜訪、並在門口精神抖擻大喊：「送財神爺！」主人便會掏出幾塊硬幣銅板給我們，說：「請一尊。」

然後拿走一張財神畫像。朱震邦說這遊戲是穩賺不賠的，因為，他們絕不能說「不要」或「夠了」，以免自絕財路。

咦？這算不算強迫中獎啊？

浩浩蕩蕩、來往穿梭在大街小巷中的送財神小隊伍還真多，簡直就像新興的行業一樣熱門，但收穫最多、生意最興隆的一定是我們這六人小組。因為，我們不只有朱震邦、高子伊這兩個架式十足的領頭隊長，還有郭軒平會在主人拿走財神畫像時，搖頭晃腦地誦上一段吉祥唐詩：「炮竹聲中一歲除，春風送暖入屠蘇。千門萬戶曈曈日，總把新桃換舊符。」主人聽了一高興，當然會多給幾枚硬幣。

最好笑的是朱丹丹不知哪來的鬼點子，不但替韓思戴上一頂瓜皮小帽，還在他圓圓的臉上抹上兩個紅紅小圈圈，逗趣的模樣惹得許多人家的女主人咯咯發笑：

「多可愛的藍眼珠小財神啊！國外來的，機票一定很貴吧？」說著，又多給了幾個銅板。

我發現，登門贈福送喜的可不止小孩子的「送財神爺」，還有由兩個人或三、四人為一組的小樂隊，輪流至各家門口或廳堂吹奏吉祥音樂。郭軒平說這是「噴春」，此種賀喜方式現在已經很少見了，大概只剩鄉下地方才看得到，除了為新年帶來熱鬧氣氛外，也可獲得一點賞錢。高子伊則指著一棵紮起紅色爆竹及亮晶晶元寶掛飾的金橘樹：「那是『搖錢樹』。」

「樹也能搖錢?中國人的新年真愛賺錢。」

不禁聯想到外婆仿造黃金、白銀的條狀年糕；以及說是頂端裂縫若越大，來年財富也就越多的「發糕」，心中隱然明白：「財運祈福」在中國新年的祝禱中扮演著多麼重要的角色。

「這算什麼！你晚上吃完年夜飯，就會發現連說話都能賺錢呢。」朱震邦和朱丹丹兩兄妹一副見怪不怪的老成模樣。

說話也能賺錢？我半信半疑。

說話就能賺錢這個疑問，回家後幾乎被我給忘了。

因為，我的注意力完全被滿桌的美食菜肴給佔據，什麼臘腸、臘肉、臘鴨、臘魚……大鍋小盤，琳琅滿目、一應俱全。此刻我不得不承認，耶誕節的火雞大餐簡直相形失色、小巫見大巫。

媽咪還說，在年夜飯中，每道菜肴都有著深遠的含義，比如：魚象徵「年年有餘」；菜頭（蘿蔔）表示「好彩頭」；全雞等同「全家福」（「雞」與「家」台語諧音）；年糕正是「年高」，意味著「步步高升」；韭菜代表「永久」；「長年菜」（芥菜）則要一根一根從頭吃到尾，年壽才能長長久久……還有，每道年菜都得取

個吉利的好名字：好比「五福臨門」，象徵著長壽、財富、平安、智慧及好運；餃子形似元寶，所以取名「招財進寶」；肉丸、魚丸、蝦丸要說「三元及第」等等……聽得我頭昏腦脹，這年夜飯到底是吃還是不吃啊？

吃吃吃……當然要吃！不但要吃，還得等全家到齊，一起上座，才能開動。所以，年夜飯有了另一個名字「圍爐」。讓我算算……有外公、外婆、媽咪、動不動就抓著我和韓思猛親的小舅舅、很安靜有點像小美老師的小舅媽、愛發問又愛哭，長得一模一樣的雙胞胎小表妹巧妍、巧語，再加上韓思和我……哇！一共有九個人耶！要是爹地也在，就是「十全十美」了。（呵，吉祥話我也會說。）

可惜，爹地不在。

婆婆仍為爹地擺上一副碗筷代表團圓，但，我還是希望爹地真的在這裡。

吃完年夜飯，小舅舅要我們一人說一句辭歲的祝福話，就有紅包拿。紅包裝的是壓歲錢，我想起朱震邦和朱丹丹：「說話就能賺錢」。原來，是這個意思。

我沒有巧妍、巧語好本事，會說閩南語的順口溜：「甜粿過年，發粿發錢，菜包包金，蘿蔔粿（菜頭粿）吃點心。」

幸好，我反應快，想起郭軒平教我唸過的唐詩：「老去又逢新歲月，春來更有好花枝。」

沒想到，一時技壓全場，小舅舅更是不可思議地睜大雙眼：「有一手！唐詩也行，賞賞賞！」然後，連給我三個大紅包。

韓思可就不行了，老是說：「Congratulations!（恭喜！）」幾次之後，我實在看不下去，只好「拔刀相助」：「不能說英文啦，要說恭喜發財！」

「喔，恭喜發財。」韓思笑嘻嘻，一句話也得了三個紅包。

大家笑成一團。哈！過年原來這麼好玩，說句話真的就可以賺錢。

我發現不愛笑的外公也笑得直喘氣，這好像還是我第一次看他笑得這麼開心盡興。

除夕夜晚上，媽咪和外婆很反常地沒有催促早早上床睡覺，一任小舅舅與小表妹和我們喧鬧到很晚。

小舅舅說：「這就是守歲，守歲可以為父母親增壽，最好是徹夜不眠。」

真是這樣的話，還有什麼好躊躇的？我決定這個晚上絕對不閉上眼睛！

說是這麼說，眼睛還是不小心讓我給閉上了，而且，還一大早便被媽咪給喊醒，說要帶我們去「行香」。

行香就是到鎮上寺廟燒香禮拜，祈求新年福祥。

「為什麼要這麼早呢？」我疑惑：「眼睛好像還要睡覺……」韓思也是睡眼矇矓。

媽咪笑道：「因為今天是正月初一，媽咪不能在家裡。」

「為什麼？」韓思和我同時喊問。

「傳說女兒要是在今天歸寧……就是回家，會給家裡帶來晦氣，這是古老的禁忌。」

這是什麼理論?!

說正月初五前掃地會掃走屋內的好運與財富；說神壇蠟燭必須終日點亮，才能延年益壽；說蒸製年糕的成敗，關係著來年運氣的好壞；說打破碗盤時，要用紅紙包上碎片，然後口吟「歲歲平安」；說不能用刀、不能用白色的糖……這些五花八門、滿籮滿筐的禁忌，我都可以不計較，可是，怎麼可以說媽咪會讓人走霉運呢？

走在路上時，我還是難掩生氣：「這根本是迷信嘛！宋騫老師說過迷信是不對的。」

「韓睿，這就是過年好玩的地方啊。你們看……」媽咪手指前方，還在笑。她怎麼都不生氣？

「哇～好大的Snake（蛇）……」韓思驚歎，一條金碧輝煌的「大蛇」正伴著震天價響的鼓聲，不停扭轉迴旋、歡騰舞動。

「那不是蛇，是Dragon，龍。中國人深信龍掌管降雨，因此舞龍可以保佑來年風調雨順、五穀豐登。」

這就是龍啊？有一次我問爹地這個單字，爹地卻很困窘地跟我對不起：

「龍，是一種傳說中的動物，只是爹地也沒見過。」

爹地，我現在見到了——龍很像蛇，只是頭大了很多，還長了腳。

「龍原來長這樣，改天我一定要跟爹地說。」

「想跟爹地說嗎？」媽咪看了看錶，笑道：「不如現在吧。」

「現在？爹地不是在中南美洲嗎？」

我和韓思臉上充滿疑惑。

「你們忘了，還有網路啊，我和爹地約好了喔。」媽咪拎起筆記電腦，晃了晃。

對啊！我都不知道有多久沒碰過

電腦，更別說是網路了。

媽咪帶著我們到這裡唯一一家電器行，商借網路基地台，等到「視訊交談」軟體視窗開啟後，爹地的紅潤臉龐已經出現在螢幕上了！

「爹地！爹地！爹地！爹地！」韓思先我一步衝上去對著小麥克風大喊。

「爹地！我看到龍了！」我發現爹地的落腮鬍都快遮住半張臉了。

「那改天換韓睿形容給爹地聽；韓思有聽話嗎？」

「我有聽！」

是嗎？是誰不穿外套，結果生病感冒的？是誰東跟西跟，結果滾到水溝爬不起來，害大家一陣人仰馬翻的？……不過，我自己也好不到哪，還不是跌傷了腿！

「可是這裡都沒有聖誕節、沒有聖誕樹、沒有聖誕老公公，也沒有聖誕禮物。」我一股腦、叨叨絮絮地訴說「聖誕心酸曲」。

「不要緊，改天爹地補給你們一個大禮物！」爹地調皮地眨了一下眼睛。

「什麼禮物？」我和韓思很是興奮期待。

「秘密！哈！」爹地又眨了一下眼睛。

噢！都不說！不過，沒關係，禮物不重要，能和爹地說話，我就好開心了。

我們又七嘴八舌、爭著和爹地說了好久的話。

我還加油添醋對爹地形容「學校一棵樹上有個洞，常常會伸出手抓小朋友」、「自然教室的人體模型會跑來跑去」……等等亂七八糟的東西。旁邊有個小女孩好奇看著我們，對她阿嬤問道：「那個囝仔在講英文耶，目睭擱是藍色的，伊甘是阿度仔？」

這段時間以來，台語多少懂了一些，我轉過頭答道：「我不是阿度仔，我是台灣郎。」

我的台語讓小女孩頗為吃驚。

哈！掃年、送灶神、送財神、年夜團圓飯、發紅包、守歲……還看到了爹地，這個年可真好玩！

過了年的第三天，「老鼠娶完太太」之後（註），我以為「年」就告一段落了。原來還沒，一直要到正月十五日元宵節這一天，才算真正結束。

元宵節亦稱「燈節」或「上元暝」，外婆說這天晚上一定要吃象徵「團圓」的湯圓才行，還有朱震邦他們早已和我約定好要一起「迎鼓仔燈」。

元宵夜晚，處處可見孩童迎鼓仔燈、提著燈籠嬉戲，金光點點成了夜幕眨眨閃亮的小眼睛。廟宇也結上綵燈，高搭彩棚，展示各種花鳥飛禽、古今人物的花燈。最神奇的是郭軒平，每看一個花燈，就能說上一個故事，有「黃香溫蓆」、「臥冰求鯉」、「鹿乳奉親」、「打虎救父」……不一而足，我高度懷疑郭軒平是不是把一整本的故事書都塞到腦袋瓜裡去了。

比起花燈，廣場上的猜謎活動還比較吸引我。不是我驕傲，有些謎題對我來說簡直是「A piece of cake（輕而易舉的事）」：

說他是條牛，無法拉車跑；說他力氣小，卻能背屋跑。～哈！蝸牛！

一口吃掉牛尾巴。～告告告！愛告狀的「告」！

左一片，右一片，摸得著，看不見。～當然是耳朵囉！

稀奇真稀奇，鼻子當馬騎。～眼鏡！這不可能猜不到吧?!

我還得到好幾份禮物，全給了韓思。

可是，有兩道「猜一國家」的謎題：「從春望到冬」以及「萬國來朝」。

我是怎麼也想不通？即使已經知道答案，我還是想不通？問了郭軒平和高子伊，也是茫然不解？朱震邦和朱丹丹就更甭提了。

我就這麼一路「想」回家，依然沒能得到合理的解釋？……不如告訴你好了，答案就是「希臘」和「夏威夷」。至於為什麼？你自己想吧。

因為，我沒空想這些了！

婆說掃年會有好事發生，果然沒錯，真

的有好事發生了！

元宵吃湯圓，代表團圓，呼……還好我有吃！因為，爹地真的回來了！

註：正月初三是俗傳「老鼠娶親」的日子。各家各戶入夜後，都要提早熄燈就寢，不打擾「老鼠娶太太」；並在家裡各處灑上鹽和米，稱為「老鼠分錢」。

8 I am sorry... 對不起……

如果天空也有表情，這一天肯定是個大笑臉。

不是我在說，爹地真的很調皮。

假如我沒讓「大頭」瓢蟲給不小心飛走了……（噢，一般而言，瓢蟲的頭部十分短小，常縮藏在圓滾滾的前胸背板下方，不易發現。但我給韓思的這隻小瓢蟲，頭卻老落在身體外東張西望，韓思笑說牠一定是因為頭太大，藏不起來，所以，給牠取名「大頭」；另一隻小瓢蟲翅鞘上則有著光澤鮮豔的斑點，因此，取名「小點點」。）……真不曉得爹地打算站在我身後的珊瑚藤籬笆外，偷偷看著我多久?!

話說回來，「大頭」瓢蟲為什麼會飛走呢?噯，還不都是我好奇實驗的關係，因為朱震邦告訴我：假如瓢蟲遇到了攻擊或干擾，不但身體關節會分泌出腥臭的黃色液體來驅退敵害，還會六腳一縮、掉落地面「裝死」，尋求逃命的機會。

是嗎？如果是真的，瓢蟲的智商真是不容小覷了。

朱震邦果然沒吹牛，「大頭」真的就這麼六腳一縮、動也不動地躺在我的手掌中，並趁我開始狐疑牠「裝死」的真實性時，突然清醒回神、毫無預警地身體一抖、翅膀一振，遁入風裡。

啊……我回頭想追，一張被鬍子遮去一半的毛茸茸笑臉，隨即映入我眼簾。

這是？——我一時傻住，揉了揉眼睛……好白的牙齒和爹地一樣……藍藍的眼珠和我一樣……還有會蹦出海豚的頭髮，和海浪一樣……我眼睛一亮……爹地！是爹地！！

「爹地！爹地！爹地！」我不是跑向小麥克風，而是真的奔向爹地的懷中！

爹地像拎小雞似的，輕而易舉地把我舉到胸前：「韓睿！」

「哈，爹地變成大熊了。」爹地毛茸茸的臉真的和熊很像。

「大熊爹地好想你啊！」爹地低頭直往我身體鑽，我不停笑著左閃右躲，仍抵擋不了爹地的「攻擊」遊戲。不過，我還真喜歡這個「遊戲」。

「我也是！爹地剛剛為什麼都不說話？」

我不知有多久沒和爹地說英文了，一下子有如見到失聯許久的熟悉老友般興奮。

「因為爹地在欣賞你研究瓢蟲的天真模樣，捨不得喊你。」

我緊緊摟住爹地的頸項，好滿足、好開心。

爹地真的回來了！難怪今天天空不管怎麼看，都是一張大笑臉。

「我要媽咪先不說的，爹地這個神秘禮物，韓睿還喜歡嗎？」

原來，過年時爹地說的禮物就是這個啊？喜歡！太喜歡了！

我用力點頭：「那韓睿也有禮物送給爹地。」

我能想到的特別禮物只有一個，就是過年時提筆寫下的書法字：「家」。而且，還被外公小題大作地拿去鑲框掛在牆上展示。

「謙虛」這兩個字的意思我是懂啦，可是心中的成就感好像又略勝一籌呢。

爹地出乎他想像的驚訝，頻頻讚歎：「韓睿會寫書法？寫得好棒！」

「外公說這個字的每一筆畫就像家中的每個人，都很重要，誰都不能少。否則，就不是『家』了。」

爹地認同點頭：「很有道理。也有韓思的作品嗎？」

怎麼可能，韓思是連鉛筆都還拿不好，更別提書法毛筆這難纏的傢伙。

我搖搖頭，沒說話。

「韓思呢？怎麼不在家？」

「韓思昨天在婆的水耕菜園又摔倒了，叫他不要跑，哥哥會等他的，就是不聽話。」

「韓思受傷了？」

「嗯，昨天外公和媽咪說了很久的話，今天他們就帶韓思去醫院了。」

關於這件事，我也頗為奇怪，絆倒這件事對韓思來說早已是家常便飯，幹麼要去醫院？外公就是喜歡小題大作。

可是，我又錯了！原來，外公並沒有小題大作。

外公、媽咪回來後，和爹地十分認真仔細地談著話。

因為外公實在無法忍受爹地：「父親，沒見面已經有這麼長的時間，請問您的身體還健康平安嗎？」、「這裡將有一個地質年會在台北，所以我才可以有這個機會回去台灣。」……這一類的說話方式，所以要爹地還是說英文吧，這種「英文式的中文」，聽著實在很彆扭。

只不過，說的雖然是英文，也不是宋騫老師的外星話，更不是需要畫面想像才能了解的唐詩三百首，我還是無法完全理解他們的對話內容，只知道他們說的是韓思，因為一聽就曉得了，比如：「上下樓梯總要依賴扶手」、「握筆姿勢不純熟，寫字慢」、「用刀叉、筷子吃飯困難，容易掉落」、「反應遲鈍，無法接球、丟飛盤」、「不會玩拼圖、不會操作小東西」、「運動協調能力不良」、「動作遲緩、不靈活」、「平衡感差，容易跌倒」……等等，這說的除了韓思，還會有誰？

但，其他的我可就不懂了，像是「發育表徵異常」？「中樞神經系統、前庭系統」？「感覺飲食」？「感覺統合、感覺統合障礙」？……如果小美老師現在在這兒，我一定馬上舉手發問，而且，這些「東西」與韓思又有何關聯？

此時的韓思，正在外公和媽咪從醫院帶回來的一組裝了好多彩色球球的圓筒紗網小隧道中，自得其樂地玩著投擲接球的遊戲。不是我喜歡取笑弟弟，韓思真的遜斃了，每次都任由小球從眼前掉落，才伸手去接，反應永遠慢半拍。

聽我說了這麼久的話，大家應該會願意相信我還算是個聰明的小孩

吧？

沒有錯，當天晚餐結束後，我立即意識到大家好像都在思考著什麼。

外公的表情更嚴肅了；媽咪責怪自己疏忽了韓思；爹地摟住媽咪的肩膀說自己也有責任；外婆則安慰大家：「別擔心，韓思還小，整體治療發展的空間還很大。」

治療？韓思生病了嗎？

我轉眼搜尋韓思的身影，發現他又著迷地跑進「彩球隧道」去了，想必還不知道自己已經成為大家談論關注的焦點。

結果，隔天屋子裡的「玩具」更多了，外公和爹地不知從哪合力蒐購回來一大堆在我眼中幾近幼稚無聊、絲毫引不起我興趣的玩意——可以讓你抓住兩個角角做跳躍運動的「羊角跳球」和「跳跳馬」、圓滾滾的「圓柱球」、長得有點像榴槤的「觸覺球」，另外還有「彈跳床」、

「跳跳袋」、可以坐在裡面快速旋轉的「大陀螺」、小滑梯和小鞦韆架等，看得我瞠目結舌，一時之間不知作何反應。

「爹地，這麼多小寶寶用的玩具，是給誰的啊？」

絕對不會是我！我刻意用「小寶寶」這個詞語來和自己劃清界線。

「給韓思的。」

「韓思？韓思又不是小寶寶了？」雖然他對這些東西還是挺著迷。

「因為韓思需要它們，它們可以幫助

韓思進步。」

咦？我還想問，可是爹地簡單回答後，說要和外公帶著韓思再去醫院一趟，親親我臉頰，就走了。

爹地的話，我想了很久：韓思為什麼需要它們？它們怎麼幫助韓思進步？

我又想了很久，昨天聽不懂的「感覺統合障礙」幾個字，很快速地在我腦海中一閃而過，肯定和這幾個字有關！

我在房間裡找到了媽咪，走到媽咪身邊，看見她正在畫製一張標示著日期的紅色格子，上面寫著：「感覺統合練習記錄表」。

「媽咪，什麼是感覺統合？」

媽咪擱下手中的筆，轉過來面對我：「韓睿，你的身體有哪些感覺呢？」

「嗯……」我掰弄手指算道：「視覺、聽覺、嗅覺、味覺……還有……」

「還有讓你有了身體與空間概念的觸覺、本體覺以及幫助你保持平衡、不跌倒的前庭覺。這些感覺訊息分分秒秒輸入大腦後，我們的腦子便會開始進行整合工作，然後，提供訊息給我們作出適當的反應和動作。」

聽起來好難，我似懂非懂。

媽咪進一步解釋給我聽：「這就是為什麼你聽到聲音會轉頭；看見小鳥眼球會跟著移動；有人拍你肩膀你會向後看……把這些感覺統合起來之後，產生的動作反應將會越來越有效。所以，韓睿可以跑得很快，卻不會跌倒。」

哦——我懂了：「那是不是韓思身上的各種感覺都不肯乖乖統合，才會常常跌倒、接不到球？」

媽咪點頭說道：「負責韓思『平衡』的『內耳前庭系統』，尤其不乖。」

「韓思生病了嗎？」

媽咪微微一笑：「韓思是『慢飛』的小天使。現在，爹地和媽咪要合力幫助韓思把身上的翅膀健康展開。」

「所以爹地和外公才會為韓思準備跳跳馬、大陀螺、滑梯……這麼多遊戲玩具。它們可以幫助韓思張開翅膀嗎？」我想起爹地說「韓思需要它們」的話。

「韓睿很聰明，它們的確可以給予韓思所需要的『感覺飲食』。」

「感覺飲食？」

「意思就是透過遊戲活動，給予大腦適當的感覺需求，來加強韓思的注意力、平衡感、動作反應、身體整合能力……韓睿，一起為弟弟加油，好嗎？」

媽咪說的話，這時我能明白了，也就是說韓思並不是「笨」，只是他的身體有些「不乖」，才會「飛」慢了點。

韓思當然不笨！

被爹地帶著往返醫院幾次之後，便漸漸察覺到自己可能有些「不對勁」。

「媽咪，我生病了嗎？」韓思問。

媽咪抱起韓思：「是慢，不是病。就像乏力的機器人一樣，只要再幫它換上新電池，就好了。」

「新電池？我的電池醫院也有賣嗎？要不要先打針？韓思不怕打針的哦。」

媽咪又把韓思抱緊了些：「不用、不用打針，韓思只要很努力地做一件事就行了。」

「好啊，什麼事？」

「玩遊戲。」

「不用打針？不用吃藥？只需要玩遊戲嗎？」媽咪的答案令韓思無法置信。

媽咪柔聲回答：「嗯，韓思只需要盪鞦韆、溜滑梯、跳跳袋、玩組合玩具、揉黏土、畫畫、坐大陀螺……而且，要很認真、很有耐心、每天都玩才行，因為它們會讓負責整合韓思身體能力的電池，越來越有力量。」

所以，媽咪才會精心做了張韓思專屬的「感覺統合練習記錄表」；所以，爹地才會很用心地在房間牆面鋪上一張大白紙，讓韓思可以握著彩色筆、水彩筆，在上面自由地隨意塗鴉。我問爹地用意是什麼？爹地說這麼做可以加強韓思的手臂活動、並增加手眼協調性。

原來如此。……那我也要幫忙！可是我能做的只有注意韓思的握筆姿勢是否正確，並隨時提醒導正。但爹地說：我這樣已經是幫了很大的忙了。

韓思真的很聽媽咪的話，很努力也很認真地玩每一種遊戲。此刻，他正聚精會神地疊著小積木，我推斷這遊戲可能也有助於改善韓思的「手眼協調能力」。只是，小積木卻沒有韓思「聽話」，總是不斷塌落倒成一團……要是以前，我早受不了韓思的笨拙、轉頭走了。

就像在西雅圖時，有一次和韓思在家中草坪上玩拋接球的遊戲，玩到後來，我真的生氣了，把球往韓思頭上用力一拋：「真笨！都接不到！不想玩就直說嘛！」說完扭頭就走，把韓思一個人丟在草坪上。

也有一次，媽咪為我舉辦生日派對，邀請好多小朋友來家裡玩。結果，韓思卻在派對上把刀叉點心散了一地，害我好丟臉。那時我偷偷喜歡的小荷莉還問我：「韓睿，那是你弟弟嗎？」我當然不願意承認，馬上轉頭離開。

還有一次，我很生氣韓思上下樓梯時，為什麼那麼依賴扶手？我強迫他放開手，卻害他失去重心，滾落好幾格樓梯，嚇得韓思哭了好久。幸好他沒受傷、也沒向爹地媽咪告狀。

前些時候，韓思會跌到水溝，在黑漆漆的稻田裡，一個人不知害怕了多久，不也是我把他丟著不管造成的。

想起這些點滴往事，我心裡越來越感到難過愧疚。

原來，韓思不是故意的；原來，韓思生病了。

I am sorry…對不起……

我走到弟弟面前坐下：「韓思，哥哥和你一起玩。」

韓思停止堆疊積木，抬頭看著我，笑了。

「以後，哥哥每天都陪你一起玩。」

我看著韓思，也笑了。

可惜，我這個承諾並沒有履行太久。因為……韓思竟然要離開！一個週末，爹地和媽咪從台北回來後，又像上次一樣和公公婆婆談了好久。

這次，我就聽得懂了：媽咪表示醫生告訴她關於「感覺統合障礙」的黃金治療期是六歲以前，必須把握「中樞神經系統」還有可塑性、尚未定型之前，及早治療。只是，這邊正規醫院幾乎都得排隊半年以上，而韓思已經六歲，實在不能再等，決定讓韓思前往紐約綜合醫院進行診治。

爹地則要外公外婆不用擔心，因為他中南美洲的考察工作剛好告一段落，可以陪著韓思過去；而且有個朋友在紐約綜合醫院工作，是這方面的專家，已經答應幫忙後續安排。

我知道爹地說的是保羅叔叔，他是位小兒科醫師。

只不過——紐約？

我腦中暗暗盤算起它的位置和距離。它在美國東邊，如果從西邊的西雅圖出發，還要坐好久的飛機才能到達，從西邊到東邊，剛好飛過大半個美國。

紐約？好遠的地方！韓思要和爹地去那麼遠的地方？會去多久？

「那韓思什麼時候回來？」我問媽咪。

不知從什麼時候開始，我已經非常習慣有韓思這個弟弟在身邊了。

媽咪告訴我：「感覺統合障礙治療的時間約需半年至一年。如果順

利，或許半年後當阿勃勒開花時，韓思和爹地就會回來了。」

阿勃勒開花啊？

我坐在韓思的小鞦韆上，望著天空。

冬天的陽光很溫暖，在綠綠的阿勃勒葉片上一閃一閃地跳起舞來。

韓思手提只剩「小點點」的透明小箱子走到我身旁：「哥哥，『紐鈕』會很遠嗎？」

「是紐約啦！我去過，很近的。」說謊，我根本沒去過。

「喔，要坐飛機才能到嗎？」

「嗯，可能要坐一下下吧。」哪裡是一下下，紐約很遠的。

「可是，我還不會自己坐飛機耶。」

「有什麼關係？」

「那……我要怎麼找哥哥？」

「你真笨，哥哥找你就好啦。我又不是不知道路……哥哥很聰明的。」才怪！

韓思聽了開心笑道：「那我以後也要和哥哥一樣聰明。」

「你喔？很難啦！不過，沒關係，哥哥再教你。」

「嗯嗯，一定喔……打勾勾！」韓思伸出小指，猛點頭。

看著韓思圓圓潤潤的臉，不禁想起過年時他扮小財神的可愛模樣。好奇妙，我竟然會覺得韓思可愛，好像還有點捨不得韓思離開，真是不可思議。

韓思低頭，依依不捨地看著箱子中的小瓢蟲：「哥哥，讓小點點回家吧。」

「為什麼？」我其實明白韓思的用意。

「『大頭』飛走了、哥哥要上學、我也不在，沒人照顧小點點……

也讓小點點回家吧，不然牠一定會很寂寞。」

我點頭同意：「你決定吧，哥哥無所謂。」

韓思蹲下來，打開小箱子的頂蓋。小瓢蟲聞到風的味道，愣了愣，彷彿一時還不能相信自由的到來。一待確認無誤，隨即大夢初醒、迅速張開斑紋亮麗的羽鞘，急劇擺振透明雙翅……飛向香軟泥土、飛上金盞花叢、飛進風中，最後飛入珊瑚藤籬，轉眼隱匿無蹤。

「小點點，再見……要等我回來喔！」

弟弟是慢飛的小天使……韓思，你要努力飛……

等到阿勃勒開花時，你和爹地就回來了。

韓思，哥哥等你回來！

9 春神來了

韓思離開不久後，春天就跟著來敲門了。

喔不，敲門把春天送來的應該是朱丹丹才對，就聽她整天唱著：「春神來了，怎知道？梅花黃鶯報告。梅花開頭先含笑，黃鶯接著唱新調。歡迎春神試身手，快把世界改造。……」想不知道春天來了，都沒辦法。

但春天來了以後，好像就不肯走了。不知道為什麼？我覺得今年春天好偷懶，時間似乎走得特別慢。

時間在偷懶，相反的，朱丹丹可勤勞得很。

就見她老是蹦地出現在門口張望、一問再問：「韓思回來沒？」、

「韓思還要多久回來？」、「韓思這一年真的都不會回來了嗎？」……朱丹丹問不膩，我可是會煩的，索性來個相應不理、隨她一個人唱「獨腳戲」去了。

「韓思為什麼一定要去那麼遠的地方呢？」

我不理她，沒答話。

「韓思一個人，會不會寂寞啊？」

我還是不理她。韓思有爹地，才不是一個人！

「韓睿，韓思不在，你會不會寂寞啊？」

這句話像是映照出我心中「真實臉孔」的一面鏡子。但我不肯承認，忍不住反駁道：「才不會！反正他什麼都不會、動不動就跌倒……他不在，我最高興了。」

「可是，我會耶。」

「妳會什麼？」

「我會寂寞呀。韓思會回來吧？該不會就留在美國，不回來了？」

「他當然會回來！」朱丹丹的疑慮，不知怎麼讓我充滿怒氣。

「不然，我教你唱歌吧。」

少了韓思這個「入門學生」的朱丹丹，反過來把希望寄託在我身上。

「淡淡的三月天，杜鵑花開在山坡上，杜鵑花開在小溪旁。多美麗啊……」

只是才唱沒幾次，她便宣告放棄：「算了，還是韓思唱歌好聽。」什麼嘛……

少了韓思的歌聲，朱丹丹的「教學熱忱」隨之「委靡不振」；少了韓思的歌聲，有些「事情」好像也跟著失去點綴、失去顏色。

我坐在外婆的水池邊，看著潔白的鵝群猶如一艘艘乾淨好看的白色小帆船，在微光碧綠的水波中，井然有序地航行。

「鵝鵝鵝，曲項向天歌。白毛浮綠水，紅掌撥清波。……」我對牠們大喊道。

「鵝鵝鵝……」白鵝們也很配合地回應我的呼喊。

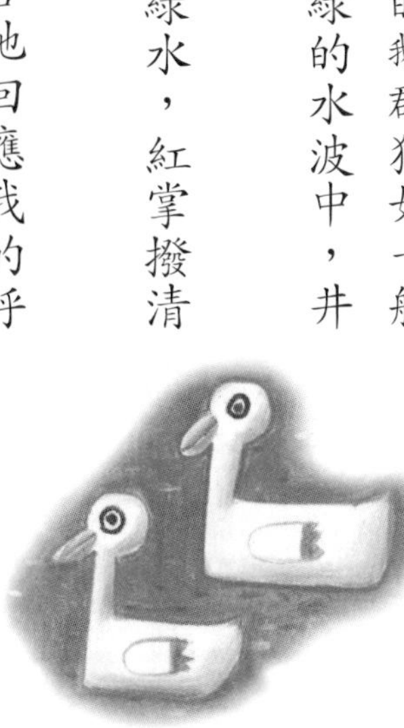

但喊了幾次後，突然覺得百般無聊，便住了嘴。反倒是在水池邊餵食鴨群的外婆唱起歌來：「呱呱呱……你聽這是什麼聲？就是母鴨帶小鴨。……」

外婆是母鴨，但小鴨子呢？

「小睿睿，你也跟婆一起唱吧。」

外婆模仿鴨子鼓動翅膀、逗趣地搖擺手肘，我看著卻不再覺得好

笑。

我搖搖頭，站起來：「不要，我要去寫書法。」

外公不在，這很有可能是我第一次主動寫書法；這也很有可能是我第一次覺得身邊空蕩蕩、桌上只剩文房四寶擱置的韓思位置，看起來很奇怪⋯忽然想起朱丹丹問我的話：「韓思不在，你會不會寂寞啊？」

寂寞？？

一甩頭，才不會！頂多⋯⋯頂多只有一點點想念，一點點而已。

拿起毛筆，沒太在意手指「鳳眼」有沒有打開？手掌放不放得進雞蛋？逕自寫起「韓思」的名字，因為，爹地說想念一個人時，寫寫對方的名字最能傳遞思念。

韓思也會想念我嗎？⋯⋯嗯，當然會！而且想得一定比我多，因為我只有一點點想⋯⋯一點點而已。

只是朱震邦和高子伊可不這麼認為。無論我怎麼否認，他們倆總是設法想盡各種點子來轉移我的注意力：先是高子伊每逢下課，也不在乎自己是個女孩，儘大手大腳、像隻螳螂地強拉我往操場跑，玩球也行、賽跑也罷，就是不准我坐在位子上發呆。

好幾次，郭軒平被強迫當裁判也就算了，偏偏又得接受她的厲聲指正：

「你喊『預備！跑！』要大聲一點嘛，聲音這麼小怎麼當班長？老師一定是故意的。」

郭軒平，可真倒楣。

高子伊還跟我約定：「等韓思回來，我們三個來比賽，看誰跑最快？好嗎？」

我沒說「好」。因為，我不確定韓思到時候還會不會跌倒？

朱震邦呢，自從上次尋訪獨角仙鎩羽而歸之後，要我無論如何，再相信他一次。這次，絕對讓我見識見識春天才會出現的罕見昆蟲。我半信半疑。

一路上，就聽他耐性頗佳地為我介紹起長得很可怕、尾巴像蠍子的「蠷螋」；很毒、渾身咖啡透明的「隱翅蟲」；以及全身黃黑相間，有著大大黑眼睛、長長觸鬚，翅若薄紗、尾若針尖的「姬蜂」……。

昆蟲百科雖然看過好幾次，我卻不記得這些昆蟲的名字。不過，我現在願意相信朱震邦了，因為他的表情很認真、很有那麼一回事，簡直就像個「昆蟲專家」。

果真，這次不只讓朱震邦尋獲一隻躲在花叢中，穿著半透明金黃大衣的「葉蟬」；還在櫟樹林裡發現了「擬瓢蟲」，也就是「大偽瓢蟲」。

「哈！看、你看……混水摸魚，假裝自己是瓢蟲的傢伙。」

我馬上被吸引過去。

朱震邦手上，長著兩根「棍棒」狀觸角的黑色「傢伙」，鞘翅上有著四顆大黃斑，猛一看，確實很像瓢蟲。只是和瓢蟲不一樣，牠有著很像穿上紅襪子的紅色腿節，體型也比瓢蟲大上很多。

「牠和瓢蟲一樣，受到攻擊時也會從身體關節分泌出腥臭的乳汁嚇退敵人喔。」朱震邦說。

「啊，哈哈……真的耶！」我登時覺得有趣極了，順口說道：「等一下韓思看到了一定也會覺得很好玩。」

朱震邦眼中出現「問號」：「韓思不是去紐約了嗎？」

是啊……我的笑容凍結在嘴邊。一下子意興闌

珊起來，覺得大偽瓢蟲其實也沒那麼好玩。

即使朱震邦後來要把大偽瓢蟲送給我，我也沒接受。

不只大偽瓢蟲引不起我的興趣，就連學校即將舉辦「木柵動物園一日遊」的旅行活動，也是如此。

小美老師（喔……順便告訴你，小美老師懷孕了、也更愛笑了，臉上的小酒窩總是不停跑出來和大家「打招呼」）宣布完後，引起全班一陣譁然，七嘴八舌、笑鬧討論不停，唯獨我興致缺缺。

高子伊第一個跑來問我：「韓睿，你參不參加？」

「不要，那些動物我在西雅圖的屋蘭動物園都看過了。」

「有無尾熊耶。」郭軒平不可置信地看著我。

「我比較喜歡獅子。」

「那很可愛的國王企鵝，你總沒話說了吧？」郭軒平聲音更大了，可真難得。

「西雅圖水族館的海獺比牠們可愛多了。」我說的是實話。

朱震邦走到我身邊，故意拖長尾音，引誘說道：「難道你也不想看看世界最高的101大樓？小美老師剛剛沒講，可是聽說我們會去喔。」

101？我記得101大樓，那是第一天來到這裡時，朱震邦說過比太空針塔還高，全世界最高的地方。我身上的細胞全數睜開「眼睛」：「是那個可以看見地球上每一個地方的101大樓嗎？」

「沒錯！你想看哪裡，就看哪裡！」朱震邦一臉篤定。

「也能看見紐約嗎？」

身上細胞不只睜開眼睛，還開始在心裡「咚咚咚」地跑來跑去。

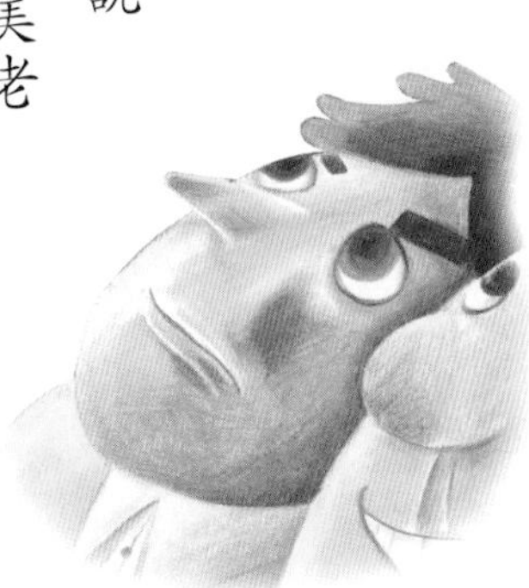

「紐約？嗯……應該……一定！一定可以！」

我沒發現朱震邦神情閃過一絲飄忽與心虛。

可以看見紐約！那我當然要參加囉。

結果，這個旅行不但真的讓我看見紐約，還發生了一件很奇妙的事。

奇妙？你一定會覺得奇怪？可是，真的，我只能想到這兩個字來形容了。

要是那個週末媽咪有回家，這件奇妙的事也許就不會發生。

媽咪就是沒有回家，我等到好晚，只好打電話給她，才知道媽咪去了新中橫公路的水里玉山線。

「……這是通過台灣最大的斷層之一，叫『陳有蘭斷層』，大斷層的東邊是變質岩，西邊是沉積岩……韓睿要乖乖聽外公外婆的話，媽咪如果發現奇怪的小石頭，再帶回去給你看。」

媽咪，我不要石頭、我不想看石頭啦！人家想看的是紐約！

掛上電話……那只好找婆了。

走到客廳，卻只見外公一個人在寫書法，沒有笑意的臉，看來好嚴肅、就像正在靜靜等待獵物走進的大野獸。

我立刻將報名表藏在身後。

「怎麼了？」外公沒抬頭，繼續寫著。

「我……想找婆。」

「婆身體不舒服，要住醫院檢查。」

「那……婆什麼時候回來？」

「過幾天。」

幾天？人家明天就得交報名表了！

媽咪不在、婆也不在，怎麼辦？

我幾乎要哭了，不過，我不動聲色忍住，絕不能讓大野獸看出來！

但，外公很厲害，還是看出來了：「手上什麼東西？我看看。」

外公看著不說一句話。

雖然外公沒說話，可是從他那張永遠像在生氣的臉孔，我也讀得出答案：不行！

不行算了，有什麼了不起！

我生氣搶回外公手中的報名表：「Give me back!（還我！）」

我跑回房間……看樣子是不能去了。雖然很努力吸氣，但眼淚還是禁不住直往外跑，一時沒注意從後面走來的外公。

外公走到身邊，伸出雙手將我整個人騰空抱起。

啊！大野獸要幹什麼？媽咪不在、爹地不在、外婆不在、弟弟也不

在，只剩下我……我完了！

我大哭起來，手腳直踢。外公也不管我的掙扎，抱著我繼續往外走，最後把我放在那輛老爺單車上，俯頭看著我，很溫暖地笑了起來：

「哭成這樣，我有這麼恐怖嗎？」

外公拭去我臉上的淚水後，竟然……竟然……竟然還低頭親了我一下！

我……我張口結舌，失去應有的行為能力，整個人完完全全傻住。

接下來，一掃陰霾，我的心情可好的呢。

月亮高高掛在夜空，綻放著皎潔純淨的微笑；幾顆小星星遠遠地聚在一起嬉戲、交換悄悄話；路旁稻田換上了嫩綠舒爽的春衣，稚柔的小禾苗兒迎著晚風扭腰擺頭、輕輕微晃；沿途此起彼落的蛙鳴聲快樂合唱，一路伴著我和外公。

外公就這樣把我放在方方大大的後座上，騎著單車載我到鎮上買了一個很帥、很酷、有著超人圖案的背包，還買了好多零食。我算算……番薯糖、芋仔餅、銅鑼燒、綠豆糕、咖哩咖哩、米香……韓思，你一定聽都沒聽過，對吧？不過，還滿好吃的喔。好啦，我留一些給你回來吃。但是，你要快一點，不然，哥哥會全吃光光！

外公說：「去郊遊，什麼都可以少，零食絕對不能比人家少。」都已經把小包包裝成大包包了，竟然還問我：「還想要什麼？」

外公真是的，幸虧我很懂事：「No, thanks…」

不對，在這裡不能說英文！我連忙改口：「不用了，謝謝外公。」

很奇妙吧？韓思。

原來，大野獸……哦，是外公……並不恐怖啊，我想，以後我們別再叫他大野獸了。

10 弟弟，你好嗎？

日曆一張張撕下，時間終於走到了大家殷殷期盼的「那一天」。

但揭開序幕的不是永遠準時鳴響的校園鐘聲；也不是下巴塗滿白色雲朵，準備刮鬍子的太陽公公；更不是藏身樹枝、悅耳啁啾的小畫眉鳥；而是朱震邦響徹雲霄、離譜誇張的笑聲。

朱震邦捧腹大笑，幾乎快喘不過氣了。他會笑成這副模樣，當然是有原因的，原因就是高子伊——穿著白色長裙、裙邊有一圈粉紅小花花的高子伊。

朱震邦笑，大家也跟著笑，笑得高子伊沉下臉、嘟起嘴巴，不說話了。雖然我已經習慣大手大腳、跳跳蹦蹦的高子伊，雖然我也不太能適應穿著長裙、「很女生」的高子伊，但我還是覺得大家的反應實在有點過度。

因為，又不難看。尤其當高子伊走路時，裙襬有風飄拂的感覺還挺好看的嘛。

不只我這麼安慰高子伊，郭軒平也湊過來：「對呀，我也覺得不難看啊，而且那些小花花好可愛。」

朱震邦一聽，裝出非常吃驚的表情：「郭軒平！你該不會也想穿吧？你穿起來一定和高子伊一樣奇怪。哈哈哈……」

這一笑，可不得了！高子伊竟難過抿嘴、掉出眼淚。

朱震邦呆呆張嘴，再也笑不出聲音。

我也嚇了好大一跳，高子伊竟然會哭？這真是我想都想不到的事。

只有郭軒平還算冷靜，直推朱震邦前去道歉。可惜，朱震邦才走了幾步，高子伊馬上大喊：「走開啦！」然後，頭也不回、迅速跑上車去。

高子伊真的生氣了。

一路上，只見她一個人坐在角落，很沉默、很安靜地看著窗外，誰都不理睬。就連小美老師的關心詢問，她也無心回應。

郭軒平適時展現「班長」這個角色，將事情始末清楚明白地告訴小美老師。小美老師聽完，臉上綻漾出一朵微笑，我又看見在微笑中「載浮載沉」的小酒窩。

接著，小美老師對大家說了一段令我印象深刻的話：

「記得老師和你們一樣大時，總習慣在教室座位的桌子上刻畫出一道長長的界線，只要隔壁的小男生不小心超過界線，我一定會很討厭地用鐵尺狠狠抽他一下，每次都痛得小男生哇哇大叫：我又不是故意的！」

班上同學聽到這裡，全都幸災樂禍地笑了。

「對同學的生氣討厭不會太久的。老師有時候常常會想：不知道當初那個小男生現在在哪裡？還好嗎？……童年點滴是一張可以珍藏在心中的郵票，有一天，這張郵票將是你們最寶貴的收藏與回憶。」

說完，還教我們唱起一首很好聽的歌曲，名叫「風車」。

小美老師說：這是屬於我們這群正在「郵票畫面」裡奔跑跳躍的小朋友的歌。

沒唱幾次，大家全都學會了。因此，小美老師還讓大家進行更好聽的二部合唱。

我偷偷看了一眼高子伊……嘿！她也在唱歌，那應該沒事了。

是沒事了，剛走進動物園，高子伊便雙手提著裙襬，很「不方便」地跑到我身邊。可見裙子不是個好東西，幸好我不用穿。

「韓睿，你的番薯糖，我可不可以跟你買？」

高子伊一臉期待，想必已經忍耐很久。

「我才不要責妳，」我故意停住不語，不久笑道：「但是……可以請妳。」

對啊，不是說好東西要跟好朋友分享嗎？高子伊是我的好朋友，和好朋友分享美好的事物，就是一種無可替代的快樂心情。

另一個好朋友朱震邦看見，也疾步走過來：「高子伊，我跟妳說喔，那……」

可憐的朱震邦話都還沒開始說，高子伊立刻轉身跑掉，留下來不及把話說完、不知是否應該閉上嘴巴的朱震邦。

「剛剛她不是已經笑著吃你的番薯糖了嗎？難道還在生氣啊？」朱震邦疑惑極了。

「我也不知道。」我回送朱震邦一個「愛莫能助」的眼神。

「韓睿，她還要生氣多久啊？」

誰曉得？……

好了，先不管這兩個鬧彆扭的人了，還是來說說我眼中的動物園吧。

這個動物園可真大，在它面前，屋蘭動物園馬上敗下陣來。要不是各種擬真的人造岩石將之分隔出一塊塊、一圈圈的熱帶雨林區、溫帶動物區、夜行動物區、草原動物區……的話，這裡活脫脫就是動物們的天堂樂園了。

此時，這個天堂樂園闖進了我們這群猶如脫韁野馬般竄跑的小朋友。有意思的是，我發現每個人在不同動物區的興奮程度果然都和他平時的個性、興趣成正比。

先說郭軒平吧。

想當然耳，兒童動物園、可愛動物區、企鵝館、無尾熊館……必然是他的天下；無辜的天竺鼠、圓滾滾的迷你豬、眼神天真的羊駝……依然是他的最愛。

在企鵝館時，有關企鵝爸媽一次只生一個蛋，而且是相互體貼地輪流孵蛋；以及企鵝寶寶約八個星期破殼而出、一個月左右就可加入群體生活、一歲換羽下海獨立生活的知識，都是郭軒平告訴我的。

尤其，在無尾熊館時的郭軒平，高興激動的樣子簡直像換了一個人。就見他直對睡眼惺忪、像只玩偶「黏」在尤加利樹上的無尾熊，一廂情願地熱情招呼，還滔滔不絕對我說：

「無尾熊的英文名字『Koala』就是『不喝水』的意思，牠們每天大約花二十小時在睡眠及休息……無尾熊媽媽因為育兒袋空間不足的關係，所以，一次只生一隻寶寶。剛生出來的寶寶只有一個五元硬幣大小喔，要等六個月長大以後，才會爬出媽媽的袋子。……」

很厲害吧？郭軒平！我真訝異乖巧安靜

的他，平常竟可以藏住這麼多話。

最讓朱震邦沉醉的當然非昆蟲館莫屬了。令他如此著迷的不是蜻蜓、竹節蟲，也不是美麗的鳳蝶，而是和獨角仙同屬鞘翅目的鍬形蟲、扁鍬形蟲和長角大鍬形蟲。

特別是全身漆黑光亮的台灣大鍬形蟲，頭部還伸長出兩根很氣概、很英武的內彎長角，朱鎮邦說那叫「大顎」。我想，這兩根氣勢凜然的威風大顎，應該就是吸引朱震邦的主要原因吧。

「牠們是臺灣特有種甲蟲，因為生長的『家』被破壞，又被人濫抓濫捕，現在已經是稀有的保育類昆蟲了。」

愛笑愛鬧的朱震邦說這些話時，臉上竟浮現難得一見的傷感與不捨。

愛跑愛跳的高子伊呢？誰能有辦法牢牢攫住她的眼神？那當然是飛

躍的「伊蘭羚羊」以及優雅修長的長頸鹿了。

她指著講解立牌：「上面說伊蘭羚羊可以很輕易地跳過一點五公尺的圍欄、一小時可以跑七十公里耶……真希望我也可以跑這麼快。」

然後，當她沉浸在徐步緩緩的長頸鹿世界時，朱震邦又嘻皮笑臉走過來，大笑道：「妳都長這麼高了，再看長頸鹿，小心真的變成長頸鹿。哈哈哈……」

高子伊轉頭瞪了他一眼，大步離開，仍是一句話也沒說。

「她該不會永遠都不跟我說話了吧？」朱震邦神情有些落寞。

我聳聳肩，今天「變」成女生的高子伊，我也不太了解。

而我自己又對哪一區的動物最有興趣呢？

哈！今天我對牠們全都「暫時」失去興趣；

今天，我的興趣只有一個：世界最高的——101大樓！

「哈！」沒錯，我笑了這一聲之後，就再也笑不出來了。

為什麼？難道我最後沒去成101大樓？也沒見著101大樓嗎？

去是去了、也見到了，但眼睛和它之間隔著一道玻璃，我只能像個嘴饞的孩子，趴在車窗上望著這棟聳入雲層、閃閃發亮的建築物乾瞪眼。朱震邦沒騙我，這101大樓看來真要比太空針塔高上好幾倍；宋騫老師解釋很久的「一柱擎天」，指的就是這個意思吧。

「你們看101大樓的外觀像不像節節高昇的勁竹呢？這是象徵生生不息的意思。它的樓高有五百零八公尺，超越美國芝加哥的希爾大樓和馬來西亞的雙子星大樓，因此，才有了『世界第一高樓』的美譽。」

小美老師校外教學熱忱不減，大家也七嘴八舌搶著發問：

「這麼高，大風吹它不會倒嗎？」

「不會，因為有三百八十根水泥柱支撐著它，還在第九十二層，懸掛一個六〇六立方噸重的金屬大球，作為防搖系統。」

「要是地震怎麼辦？」

「別擔心，101大樓用了三百八十根鋼柱穩固地基，是建築史上的新紀錄。」

「打雷呢？一定會被打到的……好可怕。」

「不怕，老師看過資料說它有一百多根避雷針，三千八百多個避雷銅帶環，樓塔還有一公尺高的避雷針，就像穿了一件金鐘罩。」

哇！大家驚歎連連，但不包括我。

「郭軒平，我們到底什麼時候上去啊？」我開始坐立難安。

「沒有要上去啊，我們只在車上看。」

啊！不上去？不上去怎麼到世界最高的地方？怎麼看地球？怎麼看紐約？

一二三木頭人……我瞬間又成了木頭人，還是個眼眶紅紅、幾乎要掉淚的木頭人。我這模樣被跑來問我「還有沒有番薯糖？」的高子伊給發現：

「韓睿？韓睿？」

我沒有反應、難過到極點。

「韓睿不舒服！你趕快去報告小美老師啦！」高子伊終於再度開口跟朱震邦說話了。

朱震邦先是一個「驚喜」，馬上「聽話」起身，跑向小美老師。

小美老師走過來，俯身望著我：「怎麼了？韓睿。」

「他要哭了。」多嘴的朱震邦！

「我才沒有哭啦！」其實，眼淚已經流出來了。

「韓睿以為會上去101的觀景台。」高子伊只說對一半。

「因為韓睿想看紐約、想看弟弟。」還是郭軒平聰明。

「想看紐約……想看弟弟啊……」小美老師想了想、微微笑著走下車：「等老師回來。」

我看見車窗外，小美老師和訓導主任不知說些什麼，旋又上車，回到我身邊：「走吧，老師帶你上去。」

小美老師和我一進電梯，馬上飛離地球、騰雲上升。電梯頂端設有星空天井，我看著星空，才眨數三次眼睛，就到了。好快！這絕對是世界上最快速的電梯！

門一開，我跨出電梯，雙腳

站上世界最高樓點，滿懷興奮的感覺就像剛跑完一百公尺似的，令我直喘氣。

「韓睿，那是可以讓你眺望遠方的高倍數望遠鏡喔。」小美老師提醒我。

眺望遠方？看我想看的地方？我快跑向前，雙眼貼上望遠孔鏡，原本遙遠的景致，彈指之間全拉到我眼前。

紐約！紐約！紐約！

珍老師的美國地理課，我還記得。我猜那喧騰熱鬧、車水馬龍的地方一定是時代廣場（其實是華納威秀和市府廣場）；那棟頂著夕陽的高樓肯定是帝國大廈（是新光大樓）；更遠一點、閃著粼粼金光的如果不是鐘斯海灘，就是哈德遜河谷（是淡水外海啦）；只是，奇怪，我怎麼也找不到舉世聞名的自由女神？還有那稜線分明、山巒交錯的地方，我也不知道是哪裡。（是觀音山和四獸山）

不過，無所謂，我總算看到紐約了！只是……

「小美老師，有沒有可以打開一點點的窗戶？一點點就好。」

「韓睿想做什麼嗎？」

「我……我想跟弟弟說話。」

我低下頭，真怕小美老師笑我：笨，弟弟不可能聽到的。

沒想到，小美老師很溫柔地揉揉我的頭髮，說：「想跟弟弟說話啊？……走……」

小美老師帶著我再上了兩層樓，來到九十一樓的戶外觀景台。

春天的晚風吹來一陣暖意，頑皮地掀飛我的衣角。

雲靄層層、透射出金色光束，夕陽的容顏和金盞花一樣綺麗，我看見一座光絲閃動的金色城市。

我雙手圈在嘴邊，開始大喊：

「韓思！從這邊看得到紐約喔！」

「我說去過紐約是騙你的啦，我根本沒去過。不過，紐約真的很近啊！」

「其實，大野獸一點都不可怕喔。放心，回來以後，哥哥罩你！」

「韓思！你還會跌倒嗎？」

「韓思！你現在會接球了嗎？外公在院子裡裝了一個小籃球架，等你回來，我們再一起玩！」

「韓思！你好不好啊？」

一陣風過，我的聲音消逝在風中。

誰說弟弟聽不到？

我相信風是盡責的郵差先生，它已經把我說的話全帶走了。

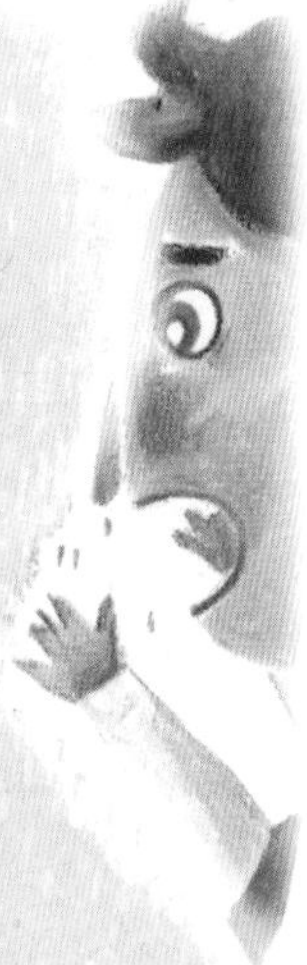

……弟弟，你好嗎？……

我滿足回頭，卻發現——

「小美老師，妳怎麼了？眼睛紅紅的？」

「沒事，老師眼睛……有點痠。」

眼睛痠？我知道小美老師一定是累了。

「那我們回去吧！」我主動牽起老師的手，往回走。

小美老師另一隻手輕輕按著肚子，我知道她是在撫摸肚子裡的寶寶。

「真希望他以後也能像韓睿一樣，是個好哥哥。」

從以前到現在，對我的誇獎雖然很多，不知為什麼，這卻是讓我聽了最高興的一個。

走進電梯，對了！我要知道它到底有多快？

按下手錶計時器，急速下降……一落地，才三十七秒！太空針塔又輸了。

告別世界第一高樓，走進黃昏的暮色。不遠處，我已聽到車上同學合唱著「風車」的愉悅歌聲。

歌聲很諧和、很輕柔，真像一片盈盈落下、飄在風中的綠葉。

不知不覺，我也開口跟著唱了起來。

韓思，這首歌真的很好聽。
你「百分之兩百」會喜歡。
等你回來，哥哥一定教你。

尾聲　哥哥，呼呼ㄟ

明朗亮麗的阿勃勒開始開花了。

純黃、金黃色的阿勃勒花串，從枝端懸垂而下，譜繪出一片耀眼光影，總會讓我不自覺駐足仰望，良久。難怪媽咪會說：「它是夏日的陽光使者」。

除了阿勃勒，珊瑚藤也開花了——晶瑩粉紅、小巧雅致的花穗，生機漫溢、朝氣蓬勃；還有四季盛放的金盞花，則永遠擎守在珊瑚藤下，擎舉著盞盞小燈。

純黃、金黃、粉紅、嫩綠、嫣紅……整個院子好漂亮啊，有如滴落了滿園彩虹顏色。

當然，「殺手」（「寶貝」這個名字真的被我給完全遺忘了）和

我最疼愛的撲克牌公公（或者大野獸）、白髮婆婆更是少不了的角色人物。

媽咪的家，我真喜歡。

阿勃勒花開；而我，三年級了。

「三」年級除了比「二」年級多上一劃之外，其他並沒有什麼不一樣的地方——除了朱丹丹跟著升上二年級；高子伊和我被選進田徑校隊；朱震邦一篇〈獨角仙與鍬形蟲〉的文章被刊登在《小小科學家》上；郭軒平參加校際唐詩默寫比賽，得到第一名之外——我的級任老師仍然是小美老師（她的肚子更圓更大，寶寶似乎長大不少）；國語課依舊是宋騫老師的天下。

差點忘了，三年級還多了書法課。

不用著急，這不但沒有造成我的困擾，還讓宋騫老師對我讚譽有加，決定推薦我代表參加下次的書法比賽。外公知道後，抱著親了我一下；外婆則是熬煮一大鍋我最喜歡的金針排骨湯作為獎勵。呵，我又可以享受很久了。

什麼？還有一件事我沒說？可是……我不好意思說啊……

好吧好吧，告訴你……就是……我當班長了。

班長這個任務可是很重要的！

除了要帶領全班隊伍，很有精神地走在最前面之外；還要時時刻刻擔任老師們的得力小幫手；「起立」、「立正」、「敬禮」這三句課堂開場白，更要喊得宏亮有力才行，還好我的聲音既扎實又飽滿。郭軒平很是羨慕，說要向我看齊，如果下學期他再當班長，聲音也要像大鼓一樣響亮。

「好啊，我教你。像這樣……哇哇哇哇……」我學起聲樂發音。

「哇哇哇哇……」嘻嘻。郭軒平聲音還是像蜜蜂嗡嗡。

上學去，我真喜歡。

最喜歡的是，媽咪說韓思下星期就回來了。

說到韓思，宋騫老師的作文課〈我的家人〉，我寫的就是韓思。

記得珍老師說過「要學習發掘一個人的優點」。於是，我在稿紙上逐一列出韓思的優點：笑口常開、夠義氣、很勇敢、有禮貌、唱歌很好聽、很聽哥哥的話、有好吃的東西會和別人一起分享、雖然笨拙了點，不過這是因為上帝和他開了個小玩笑的關係，不能怪他、很努力、很認真、很有好奇心也很有學習精神……哇！怎麼越寫越多了？原來，弟弟有這麼多優點，有天我一定要跟珍老師說。

除此之外，我發現韓思眼睛圓圓的，和媽咪一樣；鼻子翹翹的和爹地一樣；眼珠藍藍的，和我一樣，還挺可愛的。

這也算是一個優點吧？奇怪，以前怎麼都看不出來他有這麼可愛？有個可愛的弟弟這件事，我真喜歡。

記得嗎？不久前，「當哥哥」是我討厭的第一件事；「媽咪的家」是我討厭的第二件事；「上學去」是我討厭的第三件事。現在，好像全成了我最喜歡的事。

只是，除了「當哥哥」這件事沒有問題之外，其他兩件事真不知還能喜歡多久？媽咪那天對我說她的「地震斷層考察」就快完成，另一個有關「土石流」的防治計畫正在詢問她加入的意願；而台北有間大學也打算以「客座教授」的名義聘請爹地，爹地和媽咪尚在考慮中。

媽咪還問我：「韓睿呢？想回美國？還是喜歡這裡？」

這個問題真希望媽咪可以早一點問我，現在……我實在答不出來。

陽光下，我一個人練習投籃，結果百發百中、不是空心球就是擦板得分。我想，我得跟外公說：這籃球框架好像低了點。……等等，下星期韓思就回來了，爹地電話中說韓思現在拋接球、各種活動已經非常自在靈活。真是如此，這個球框不正恰巧適合韓思的身高……嗯嗯，還是先不說好了。

我乾脆席地坐下，無趣地旋轉籃球。

一抬眼，看見外公搬挪著……好像是韓思的床鋪，出來曬太陽。

……我不在的話，誰陪外公寫書法呢？

又看見外婆開心拎著大包小袋的青菜蘿蔔、烤雞排骨走進屋去。

……韓思不在的話，誰陪外婆趕鵝趕鴨，唱「母鴨帶小鴨」呢？

……還有朱震邦和高子伊再吵架，怎麼辦？

……郭軒平呢?實在想不出我留下對他有什麼用?不過,我還真想再多聽他說幾個「三十六孝」的故事。

……差點忘了!那朱丹丹怎麼辦?記得她有說過韓思不在,她會覺得好寂寞的話。

好不容易聽懂宋騫老師的「外星話」;而且,小美老師的寶寶,我都還沒見到呢。

其實,這裡沒有太空針塔、科學中心、派克市場、水族館和大海獺也無所謂啊。因為,這裡有好多西雅圖沒有的東西。

「韓睿在想弟弟嗎?」

仰起頭,我看見媽咪柔和的眼睛,對著我笑。媽咪今天心情好像特別好。

「才不是哩！快開學了，我是怕他太晚回來，就不能上一年級了。」

我不經意嘟起嘴巴：「都去這麼久了，還不回來……真不懂事。」

「對了，今天又不是週末，媽咪為什麼會回來？」

媽咪眨眨眼：「秘密。」

又是秘密？小孩子才會有很多秘密啦！媽咪真孩子氣。

一陣微風拂過我耳際，我一怔……彷彿聽到了什麼聲音？

仔細再聽……爹地和韓思的聲音？

才剛要懷疑自己是不是沒睡醒？還在作夢？

沒了鬍子，神清氣爽、神采光淨的爹地臉龐出現在珊瑚藤外，走入我的眼簾。

「爹地！」不是夢！我快速起身，籃球滾了開來。

「韓睿，好久不見！」

嘎——一聲，白色木門被推開來，韓思的身影也出現在門口。

我看見韓思先是一副既陌生又熟悉的表情眼神四處張望，最後，視線終於和我有了交集點。

他一凝神，欣喜異常地向我跑來：「哥哥！」

耶？跑得還滿快的嘛！

不知道是不是錯覺，總覺得韓思好像健康伶俐、長高長壯不少。

而且，弟弟可以跑很快了……等韓思回來，我們三個來比賽，看誰跑最快？……高子伊的提議，看來可以答應她了。

不過，這麼跑，應該不會再跌倒吧？

我心中的擔憂才剛出現，便馬上應驗——韓思忽然絆到小石塊，額頭往阿勃勒樹根一碰：「Ouch!（啊！）」

「唉，你怎麼還是那麼笨啊！」我連忙走過去。

韓思抬起頭，望見滿樹明亮、燦爛耀眼的阿勃勒，有如掛著串串金色小鈴鐺，迎風搖晃、玎玲作響。

「真的很漂亮耶……」韓思想起媽咪說過的話。

當然漂亮！阿勃勒一定也是很高興韓思回來的關係，所以，開得特別好看。

「有沒有受傷？」我檢視韓思額頭，酷酷地問。

「哥哥……」

「幹麼？」

「呼呼ㄟ……」韓思指指額頭。

我噗哧笑了出來：「呼你的頭啦！走，哥哥幫你貼OK絆。」

走過籃球框架時，韓思指著地上的籃球：「哥哥，這個我也會玩喔。」

「騙人，我才不信。」

「真的、真的啦。不信，你問爹地。」韓思轉頭尋求爹地當證人。

爹地笑著用力點頭，還豎起大拇指，表示韓思真的沒騙人。

真的嗎？

「好，不然等一下我們來比賽。」我提議挑戰。

「比賽什麼？」

「笨喔，當然是看誰把球投進去籃框的次數多啊。」

「好啊，如果我贏了呢？」

「如果你贏了嘛……好，哥哥就讓你當，換我當弟弟。」這個賭注可真大。

「好啊、好啊……那你輸了一定要叫我哥哥喔……哈哈。」

少作白日夢了你。想贏我還早呢！

我永遠是哥哥；你永遠是弟弟啦！

一進屋，飄過來的菜香不停挑動引誘我的嗅覺味蕾。外婆和媽咪正忙著張羅一大桌和過年時一樣豐盛的佳肴……我的思路前後連貫起來，我懂了！難怪外婆要準備那麼多吃都吃不完的東西、難怪外公要曬韓思的床鋪、難怪媽咪會在家，還說是「秘密」。

原來如此，就我不知道韓思今天會回來！大家一定是故意不跟我說的，早知道，我就不承認會想念韓思了。

我向外公要來紅藥水，還諄諄叮嚀外公記得去買韓思沒吃過的番薯糖、米香、綠豆糕，外公也很「聽話」地應聲說「是！」……看得韓思滿臉驚奇。

「哥哥，大野獸現在很聽你的話了嗎？」

「當然，因為哥哥打敗他了。」

「你怎麼打敗他的？」韓思既佩服又好奇。

「就……哎呀，這個故事很長的，改天哥哥再告訴你啦。」

對呀，我得先整理一下整個故事，把我大哭的那一段刪去，還要加上我威風耍弄雙節棍的情節。

我幫韓思額頭擦抹藥水、貼上OK絆，韓思皺了一下眉。

「會痛嗎？」

「哥哥……」韓思點點頭，看著我。

「什麼？」

「呼呼……」韓思又指著額。

唉，很煩耶！我往弟弟臉上隨意吹了兩口氣：「唬唬……」

這一吹，韓思可滿足了：「呵呵……我最喜歡哥哥了。」

我不說話，一副很酷的樣子。

其實，我也好喜歡弟弟。不過，我不要告訴你，不然，就不酷了！

「還痛不痛？」

「一點點。」

「呼呼……」我往韓思額上，又吹了兩口氣。忍俊不住，先笑了出來。

「哥哥，呼呼……」韓思也往我臉上呼了兩口氣。

我們兩個人就像小笨蛋似的呼個不停，笑得樂不可支。

一旁的外公在笑、外婆在笑、爹地在笑，媽咪也在笑。

我隱約聽見窗外的風，吹來了阿勃勒的笑聲；金盞花的笑聲；珊瑚藤也偷偷在笑……

大家都好開心、好開心，大家全笑了！

笑聲像是一首歌，那首我要教韓思唱的歌：

風車，不停地轉動，童年時光匆匆。
無憂無慮握在手中，迎風跑向小山坡。
山坡上那些小小雲朵，我看見還留在你眼中；
山坡旁那條小小河流，手牽手我們一起走過。
風車啊，不停地轉動，是風捎來的問候，
問我，是否會寂寞？因為你我搖搖頭。

那年夏天……蜻蜓飛舞……（後記）

　　幼時，家住由北面正房和東西廂房（亦稱護龍）所組成的三合院式傳統古厝。正廳為逢年過節祭祀先祖之處；因遵循「左尊右卑」倫理觀念，左護龍住著大伯父一家、右護龍則是身為次子的父親領同一家四口的起居空間。

　　門口小花圃栽植數株石榴花，每至六月，紅豔豔的鐘形花朵、石榴果便盛放嫩枝綠葉間，花影扶疏、很是熱鬧。

　　只是，依仍幼齡的我、每日生活過得並不精彩。由於四肢發展尚不甚協調、運動神經和同齡小朋友有些落差（長輩總寬慰父母：這是「大隻雞慢啼啦！」），因此，棒球隊、籃球隊、騎馬打仗……等分組遊戲，總難有立足之地、常顯得累贅；再加以兄姊與己有著一段年齡差距，早忙著在外求學、工作，常常一下午、甚是一整日，就像顆乏人問津的小陀螺，只能獨自東轉西轉、尋找自我滿足的遊戲樂趣。

所幸，此等「落單」情狀，被「左護龍」的大堂哥全然看在眼底。之後，長我一輪有餘的他，在農忙閒暇之際，便會時不時上門領著仍顯得拙手笨腳的我，往田埂間奔去！……別整天坐著發呆，小心變成笨瓜！……手腳不靈活，就更要動啊！可別想偷懶！……記得那時的大堂哥，常皺眉瞪眼、假意生氣的如此對我說。

是吧，手腳不靈活，就更要動啊！

幸能趕上農藥尚未全面普及的田園時光，自此，新嫩翠綠的田野間，常能看見一大一小嘻哈忙樂的我們～尋蝌蚪、釣水蛙、田螺、蝸牛、偶爾還能如獲至寶似的驚遇一兩尾泥鰍，樂呵呵的回家加菜。

尤其，夏日時節，滿稻田結伴成群飛舞的蜻蜓，才真是絕等的鄉間景色！

蜻蜓胸部猶如一口小箱子，兩對修長透明的翅膀，陽光下瑩瑩晶亮的交替振翅～時而空中定點飛行、時而輕盈點水、時而停佇稻禾綠葉，誘人撲捉！

不過，這將蜻蜓獵為掌中物的鬼點子，交由動作渾沌的我來執行，當然屢屢敗陣，沒捕獲獵物不說，還常跌滾得滿身田泥，狼狽極是。然而，大堂哥可就不一樣了，只見他摒息靜氣、目光精準如鷹的飛速出手，一隻胸口、雙翅微微起伏的美麗蜻蜓瞬時躺臥大堂哥粗厚掌中；於是，我也才能驚奇靠近、仔細看清蜻蜓圓滾滾的頭部和大大的複眼。當然，一待「生物教學」完畢，大堂哥手一鬆放，蜻蜓依舊屬於湛藍天幕、展翅回歸漫天飛翔的隊伍裡……藍天、綠野、大堂哥帶著不靈光的我探尋各式各色田間動植物的身影，也就這麼為自己原本灰撲撲的幼年記憶，注入色彩。實言之，第二部著作《含羞草》中的「種子老師」一角，某些形象元素正是從大堂哥身上取材而來。

時序遷移，點滴逝去的光陰，帶來了成長、也為紅磚三合院的共居生活，劃下休止符；而今，行色匆匆的台北城成了自己生活的背景圖。那年冬天，在公館捷運線上，遇見一對雙眸寶藍、五官深邃的混血兒小兄弟。當捷運列車啟動，由於弟弟未及抓牢握桿、整個身子極驚險的往後仰；說時遲那時快，哥哥迅地伸手施救，卻又因一時用力過猛，反將弟弟拉往柱子磕撞、哇哇直掉淚，可見其額頭的痛楚力道可真不小！只見哥哥愧疚極是，連聲SORRY道歉、呼呼柔撫，直盼能否舒緩弟弟一絲絲疼痛？

多麼溫暖可親的畫面，一旁的我不禁微笑起來。若說人間情感皆能如此純稚真心，真不知該有多麼好？……那日返家之後，於是，我開啟電腦、逐字敲寫下《他不麻煩，他是我弟弟》這個兄弟友愛的小故事，珍愛相互陪伴的成長歲月。

陳三義
於二〇一六年六月

《他不麻煩，他是我弟弟》延伸閱讀

等待種種的驚喜

鄒敦怜

給讀者的話：

你曾陷入困難的處境中嗎？那是怎樣的狀況？當時的你心裡想著些什麼？這個故事就是一本教人們怎樣面對的「教戰手冊」。這是一個講「適應」、「等待」、「收穫」的故事。讀完之後，我們會輕鬆的舒了一口氣，開心的想著：儘管生活中會有種種的不順遂，但似乎只要耐心等待、努力適應，就會有想不到的驚喜緊接在後頭。

在讀這本書之前，你可以先把自己想成書中的角色——韓睿，這個中美混血的孩子，他最討厭的三件事情「當哥哥、媽咪的家、上學去」，卻在同一個時間遇上了。因為爸爸得到外地工作，他得離開西雅圖熟悉的家，來到媽媽台灣的家。又因為媽媽得到台北工作，他得跟笨拙的弟弟一起待在鄉下，跟不熟悉的外公外婆朝夕相處，到當地小學讀書……這時的韓睿只有二年級。

韓睿來到鄉下外公外婆家，感受到中美文化的差異，這樣的對照是食、衣、住、行、育樂全面性的。他到當地小學上課，老師對學生的態度與要求，跟西雅圖的老師有很大的不同；他開始品嘗這裡的食物，對於吃「內臟」的驚恐讓我們看到兩地極大的差異；他背誦古詩、學習書法、生病吃中藥湯、扭傷到國術館、猜燈謎、看舞獅舞龍、過中國新年……。

作者幾乎羅列所有屬於中國的傳統文化，一點一點的融入在作品中，成為韓睿這個小孩必須一一探索的新功課。人的適應力很強，韓睿在跌跌撞撞中，漸漸習慣了這個地方。作者還另闢一條故事的支線，揭開韓睿弟弟韓思總是動作笨拙的原因。在外公外婆家居住這一整年，韓睿有機會發現弟弟的優點，兄弟之情在彼此相依中，變得更加穩固。

韓睿的等待與努力適應，在一年之後，原本討厭的三件事情通通變成他喜歡的三件事情。我想讀者在讀過故事後，都會開始想著「故事之後呢？」

這兩兄弟還會回到美國嗎？他們會永遠待在台灣嗎？不管最後他們的足跡將如何行進，韓睿的故事留給讀者的就是一個帶著讚嘆的句子：「用心等待，可以遇到種種的驚喜！」

閱讀思考

第一級挑戰：（概覽故事情節）

（何人）**1.** 這個故事有哪些重要角色？

（何時）**2.** 故事發生時，主角的年紀大約多大？故事結尾的時間過了多久？

（何地）**3.** 主角遷移的軌跡，從哪裡到哪裡？作者如何描述這兩個地方不同的景致？

（何事）**4.** 主角遇到哪些讓他覺得不太能適應的事情？

（為何）**5.** 主角和弟弟為什麼會有這段經歷，他們家發生了什麼事情？

（如何）**6.** 主角如何適應種種的不習慣？最後他有怎樣的改變？

第二級挑戰：（熟悉故事細節）

（　）1. 韓睿兩兄弟的爸爸媽媽，是什麼工作？（①地理學家　②地質學家　③地震專家　④地理師傅）

（　）2. 哪一件不是韓思會有的表現？（①動不動就跌倒　②飛盤通過了才把手伸出來　③喜歡唱歌　④很會打棒球）

（　）3. 外婆家院子裡的大樹阿勃勒，讓韓睿想到什麼？（①西雅圖的家　②阿拉伯　③印度同學　④太空針塔）

（　）4. 關於韓睿的同學，下面哪一個描述是正確的？（①朱鎮邦個子瘦小　②高子伊是個男生　③郭軒平是班長　④朱鎮邦賽跑贏了韓睿）

（　）5. 外公為韓睿上的第一堂書法課，寫了哪一個字？（①藝　②義　③議　④意）

（　）6. 「最漫長的一天」是因為什麼事情，讓這一天顯得特別漫長？（①到山上找獨角仙　②在山上抓到瓢蟲　③弟弟韓思跌落水池裡　④弟弟韓思受困溝渠中）

（　）7. 韓睿體驗了哪些過年習俗？（①寫春聯　②送財神爺　③領壓歲錢　④

以上皆是）

（　）8. 韓思為什麼要飛到紐約？（①韓睿受傷到醫院治療　②韓思到醫院接受感覺統合治療　③韓思先回美國讀書　④爹地要帶韓思去旅行）

（　）9. 韓睿因為哪件事情，打開跟外公的心結？（①外公幫忙找回韓思　②外公為他張羅郊遊的零食　③外公陪同他一起參加旅遊　④外公教他寫書法）

（　）10. 升上三年級時，韓睿周圍的人有哪些變化？（①高子伊被選進田徑隊　②朱鎮邦唐詩默寫得到第一名　③小美老師生下一個可愛的娃娃　④郭軒平的文章登在《小小科學家》上）

第三級挑戰：（理解故事意涵）

1. 你到過西雅圖嗎？透過作者的描述，你對西雅圖有哪些認識？從故事中找出相關描述說一說。

2. 韓睿到台灣上學的第一天，對同學的第一印象好嗎？從故事中找出相關內容說明你的看法。

3. 故事中韓睿背了很多首唐詩，哪一首讓你印象最深刻？為什麼？

4. 在飲食方面，韓睿喜歡台灣的食物嗎？故事中哪些內容讓你這麼認為？

5. 在韓思掉落乾涸溝渠之前，韓睿對弟弟的評斷是怎麼樣？弟弟受困又脫困之後，韓睿對弟弟的感受有改變嗎？你認為為什麼會有這些改變？

6. 韓睿在台灣過年的活動，跟你過年的活動相似嗎？哪些讓你特別有興趣？為什麼？

7. 韓睿的「I am sorry」是對誰說的？為什麼他要說這句話？

8. 假如你是韓睿，經歷過這一整年，你會選擇繼續留在台灣，還是回到西雅圖？請說出你的原因。

活動設計

活動一：優美的唐詩

說明：故事中，韓睿回到台灣之後，學了很多唐詩。好朋友郭軒平教會他把唐詩想成一幅畫，就能很快的背起來。請選一首你最喜歡的唐詩，先抄下詩歌，再為詩歌加上容易記住的圖畫。（單幅、連環圖都可以。）

活動二：文化對照表

說明：從這本書中，我們看到很多中美文化、習慣上的差別，請參考範例，列出其中至少三項寫下來，再跟同學說一說。

文化對照表

項目	台灣	美國
聖誕節	不太重視，外婆布置的聖誕樹，完全沒有聖誕節的氣氛。	是重要的節日，有很多精彩的活動。

活動三：珍貴的眼淚

說明：故事中有好幾次韓睿快掉下眼淚，或者已經哇哇大哭。這些時刻有時是慌張、有時是感動、有時是充滿感謝，這些也是故事中精彩的段落，你對哪段與眼淚有關的情節，印象特別深刻呢？請找一段與韓睿有關的段落，先寫下段落的大至內容，再寫出你的感想。

第二級挑戰答案：**1.**② **2.**④ **3.**③ **4.**③ **5.**① **6.**④ **7.**④ **8.**② **9.**② **10.**①

九歌少兒書房 252

他不麻煩，他是我弟弟

著者	陳三義
著者	施佩吟
創辦人	蔡文甫
發行人	蔡澤玉
出版發行	九歌出版社有限公司 台北市105八德路3段12巷57弄40號 電話／02-25776564・傳真／02-25789205 郵政劃撥／0112295-1
九歌文學網	www.chiuko.com.tw
法律顧問	龍躍天律師・蕭雄淋律師・董安丹律師
初版	2006年7月
增訂新版	2016年7月
新版3印	2021年1月
定價	260元

書號	0170247
ISBN	978-986-450-070-3

（缺頁、破損或裝訂錯誤，請寄回本公司更換）

國家圖書館出版品預行編目資料

他不麻煩，他是我弟弟 / 陳三義著；施佩吟圖. – 增訂新版. -- 臺北市：九歌, 2016.07

面； 公分. -- (九歌少兒書房；252)

ISBN 978-986-450-070-3(平裝)

859.6　　105009638

九歌少兒書房